MARCEL PROUST

A LA RECHERCHE DU
TEMPS PERDU

TOME VII

ALBERTINE
DISPARUE

* *

vingt-septième édition

PARIS

Librairie Gallimard

ÉDITIONS DE LA NOUVELLE REVUE FRANÇAISE

3, rue de Grenelle (VIᵐᵉ)

MARCEL PROUST

*A LA RECHERCHE DU
TEMPS PERDU*

TOME VII

ALBERTINE
DISPARUE

* *

vingt-septième édition

PARIS

Librairie Gallimard

ÉDITIONS DE LA NOUVELLE REVUE FRANÇAISE

· 3, rue de Grenelle (VIᵐᵉ)

IL A ÉTÉ TIRÉ DE CET OUVRAGE, APRÈS IMPOSITION
SPÉCIALE, CENT VINGT-HUIT EXEMPLAIRES IN-QUARTO
TELLIÈRE SUR PAPIER VERGÉ PUR FIL LAFUMA-NAVARRE,
DONT DOUZE EXEMPLAIRES HORS COMMERCE MARQUÉS
DE A A L, QUATRE EXEMPLAIRES NOMINATIFS TIRÉS SPÉ-
CIALEMENT POUR LA FAMILLE DE MARCEL PROUST, CENT
DOUZE EXEMPLAIRES RÉSERVÉS AUX BIBLIOPHILES DE
LA NOUVELLE REVUE FRANÇAISE, NUMÉROTÉS DE I A
CXII, ET DOUZE CENT QUARANTE-NEUF EXEMPLAIRES,
DONT QUATORZE EXEMPLAIRES HORS COMMERCE MAR-
QUÉS DE a A n, DOUZE CENTS EXEMPLAIRES RÉSERVÉS
AUX AMIS DE L'ÉDITION ORIGINALE, NUMÉROTÉS DE 1 A
1200, ET TRENTE-CINQ EXEMPLAIRES D'AUTEUR HORS
COMMERCE NUMÉROTÉS DE 1201 A 1235, CE TIRAGE
CONSTITUANT PROPREMENT ET AUTHENTIQUEMENT L'ÉDI-
TION ORIGINALE.

ALBERTINE DISPARUE

ÉDITIONS DE LA NOUVELLE REVUE FRANÇAISE

ŒUVRES DE MARCEL PROUST

SOUS PRESSE

ALBERTINE DISPARUE

CHAPITRE II

Mademoiselle de Forcheville

Ce n'était pas que je n'aimasse encore Albertine, mais déjà pas de la même façon que les derniers temps. Non, c'était à la façon des temps plus anciens où tout ce qui se rattachait à elle, lieux et gens, me faisait éprouver une curiosité où il y avait plus de charme que de souffrance. Et en effet je sentais bien maintenant qu'avant de l'oublier tout à fait, avant d'atteindre à l'indifférence initiale, il me faudrait, comme un voyageur qui revient par la même route au point d'où il est parti, traverser en sens inverse tous les sentiments par lesquels j'avais passé avant d'arriver à mon grand amour. Mais ces fragments, ces moments du passé ne sont pas immobiles, ils ont gardé la force terrible, l'ignorance heureuse de l'espérance qui s'élançait alors vers un temps devenu aujourd'hui le passé, mais qu'une hallucination nous fait un instant prendre rétrospectivement pour l'avenir. Je lisais une lettre d'Albertine, où elle m'avait annoncé sa visite pour le soir et j'avais une seconde la joie de l'attente.

Dans ces retours par la même ligne d'un pays où l'on ne retournera jamais, où l'on reconnaît le nom, l'aspect de toutes les stations par où on a déjà passé à l'aller, il arrive que, tandis qu'on est arrêté à l'une d'elles en gare, on a un instant l'illusion qu'on repart, mais dans la direction du lieu d'où l'on vient, comme l'on avait fait la première fois. Tout de suite l'illusion cesse, mais une seconde on s'était senti de nouveau emporté : telle est la cruauté du souvenir.

Parfois la lecture d'un roman un peu triste me ramenait brusquement en arrière, car certains romans sont comme de grands deuils momentanés, abolissent l'habitude, nous remettent en contact avec la réalité de la vie, mais pour quelques heures seulement, comme un cauchemar, puisque les forces de l'habitude, l'oubli qu'elles produisent, la gaîté qu'elles ramènent par l'impuissance du cerveau à lutter contre elles et à recréer le vrai, l'emportent infiniment sur la suggestion presque hypnotique d'un beau livre qui, comme toutes les suggestions, a des effets très courts.

Et pourtant, si l'on ne peut pas, avant de revenir à l'indifférence d'où on était parti, se dispenser de couvrir en sens inverse les distances qu'on avait franchies pour arriver à l'amour, le trajet, la ligne qu'on suit, ne sont pas forcément les mêmes. Elles ont de commun de ne pas être directes parce que l'oubli pas plus que l'amour ne progresse régulièrement. Mais elles n'empruntent pas forcément les mêmes voies. Et dans

celle que je suivis au retour, il y eut au milieu
d'un voyage confus, trois arrêts dont je me souviens, à cause de la lumière qu'il y avait autour
de moi, alors que j'étais déjà bien près de l'arrivée, étapes que je me rappelle particulièrement,
sans doute parce que j'y aperçus des choses qui
ne faisaient pas partie de mon amour d'Albertine,
ou du moins qui ne s'y rattachaient que dans la
mesure où ce qui était déjà dans notre âme avant
un grand amour s'associe à lui, soit en le nourrissant, soit en le combattant, soit en faisant avec
lui, pour notre intelligence qui analyse, contraste
d'image.

La première de ces étapes commença au début
de l'hiver, un beau dimanche de Toussaint où
j'étais sorti. Tout en approchant du Bois, je
me rappelais avec tristesse le retour d'Albertine
venant me chercher du Trocadéro, car c'était
la même journée, mais sans Albertine. Avec tristesse et pourtant non sans plaisir tout de même,
car la reprise en mineur sur un ton désolé du
même motif qui avait empli ma journée d'autrefois, l'absence même de ce téléphonage de Françoise, de cette arrivée d'Albertine qui n'était pas
quelque chose de négatif, mais la suppression
dans la réalité de ce que je me rappelais et qui
donnait à la journée quelque chose de douloureux, en faisait quelque chose de plus beau
qu'une journée unie et simple parce que ce qui
n'y était plus, ce qui en avait été arraché, y
restait imprimé comme en creux.

Au Bois, je fredonnais des phrases de la sonate de Vinteuil. Je ne souffrais plus beaucoup de penser qu'Albertine me l'avait jouée, car presque tous mes souvenirs d'elle étaient entrés dans ce second état chimique où ils ne causent plus d'anxieuse oppression au cœur, mais de la douceur. Par moment, dans les passages qu'elle jouait le plus souvent, où elle avait l'habitude de faire telle réflexion qui me paraissait alors charmante, de suggérer telle réminiscence, je me disais : « Pauvre petite », mais sans tristesse, en ajoutant seulement au passage musical une valeur de plus, une valeur en quelque sorte historique et de curiosité comme celle que le portrait de Charles Ier par Van Dyck, déjà si beau par lui-même, acquiert encore du fait qu'il est entré dans les collections nationales par la volonté de Mme du Barry d'impressionner le Roi. Quand la petite phrase, avant de disparaître tout à fait, se défit en ses divers éléments où elle flotta encore un instant éparpillée, ce ne fut pas pour moi comme pour Swann une messagère d'Albertine qui disparaissait. Ce n'était pas tout à fait les mêmes associations d'idées chez moi que chez Swann que la petite phrase avait éveillées. J'avais été surtout sensible à l'élaboration, aux essais, aux reprises, au « devenir » d'une phrase qui se faisait durant la sonate comme cet amour s'était fait durant ma vie. Et maintenant sachant combien chaque jour un élément de plus de mon amour s'en allait, le côté jalousie, puis tel autre, revenant en somme

peu à peu dans un vague souvenir à la faible
amorce du début, c'était mon amour qu'il me
semblait, en la petite phrase éparpillée, voir se
désagréger devant moi.

Comme je suivais les allées séparées d'un sous-
bois, tendues d'une gaze chaque jour amincie, le
souvenir d'une promenade où Albertine était à
côté de moi dans la voiture, où elle était rentrée
avec moi, où je sentais qu'elle enveloppait ma
vie, flottait maintenant autour de moi, dans la
brume incertaine des branches assombries au
milieu desquelles le soleil couchant faisait briller,
comme suspendue dans le vide, l'horizontalité
clairsemée des feuillages d'or. D'ailleurs je tres-
saillais de moment en moment, comme tous
ceux pour lesquels une idée fixe donne à toute
femme arrêtée au coin d'une allée, la ressemblance, l'identité possible avec celle à qui on
pense. « C'est peut-être elle ! » On se retourne, la
voiture continue à avancer et on ne revient pas
en arrière. Ces feuillages, je ne me contentais pas
de les voir avec les yeux de la mémoire, ils m'intéressaient, me touchaient comme ces pages purement descriptives, au milieu desquelles un artiste
pour les rendre plus complètes introduit une
fiction, tout un roman ; et cette nature prenait
ainsi le seul charme de mélancolie qui pouvait
aller jusqu'à mon cœur. La raison de ce charme
me parut être que j'aimais toujours autant Albertine, tandis que la raison véritable était au contraire que l'oubli continuait à faire en moi de

tels progrès que le souvenir d'Albertine ne m'était
plus cruel, c'est-à-dire avait changé ; mais nous
avons beau voir clair dans nos impressions, comme
je crus alors voir clair dans la raison de ma mélancolie, nous ne savons pas remonter jusqu'à leur
signification plus éloignée. Comme ces malaises
dont le médecin écoute son malade lui raconter
l'histoire et à l'aide desquels il remonte à une
cause plus profonde, ignorée du patient, de même
nos impressions, nos idées, n'ont qu'une valeur de
symptômes. Ma jalousie étant tenue à l'écart par
l'impression de charme et de douce tristesse que je
ressentais, mes sens se réveillaient. Une fois de
plus comme lorsque j'avais cessé de voir Gilberte,
l'amour de la femme s'élevait en moi, débarrassé
de toute association exclusive avec une certaine
femme déjà aimée, et flottait comme ces essences
qu'ont libérées des destructions antérieures et
qui errent en suspens dans l'air printanier, ne
demandant qu'à s'unir à une nouvelle créature.
Nulle part il ne germe autant de fleurs, s'appe-
lassent-elles « ne m'oubliez pas », que dans un
cimetière. Je regardais les jeunes filles dont était
innombrablement fleuri ce beau jour, comme
j'eusse fait jadis de la voiture de Mme de Villeparisis ou de celle où j'étais par un même dimanche
venu avec Albertine. Aussitôt, au regard que je
venais de poser sur telle ou telle d'entre elles,
s'appariait immédiatement le regard curieux,
furtif, entreprenant, reflétant d'insaisissables pensées, que leur eût à la dérobée jeté Albertine et

qui, géminant le mien d'une aile mystérieuse,
rapide et bleuâtre, faisait passer dans ces allées
jusque-là si naturelles, le frisson d'un inconnu
dont mon propre désir n'eût pas suffi à les renou-
veler s'il fût demeuré seul, car lui, pour moi,
n'avait rien d'étranger.

D'ailleurs à Balbec, quand j'avais désiré connaître Albertine la première fois, n'était-ce pas
parce qu'elle m'avait semblé représentative de
ces jeunes filles dont la vue m'avait si souvent
arrêté dans les rues, sur les routes et que pour
moi elle pouvait résumer leur vie. Et n'était-il
pas naturel que maintenant l'étoile finissante de
mon amour dans lequel elles s'étaient condensées
se dispersât de nouveau en cette poussière dissé-
minée de nébuleuses ? Toutes me semblaient des
Albertine — l'image que je portais en moi me la
faisant retrouver partout, — et même, au détour
d'une allée, l'une d'elles qui remontait dans une
automobile me la rappela tellement, était si exactement de la même corpulence, que je me demandai
un instant si ce n'était pas elle que je venais de
voir, si on ne m'avait pas trompé en me faisant
le récit de sa mort. Je la revoyais ainsi dans un
angle d'allée, peut-être à Balbec, remontant en
voiture de la même manière, alors qu'elle avait
tant confiance dans la vie. Et l'acte de cette
jeune fille de remonter en automobile, je ne le
constatais pas seulement avec mes yeux, comme
la superficielle apparence qui se déroule si souvent au cours d'une promenade : devenu une

sorte d'acte durable, il me semblait s'étendre aussi dans le passé par ce côté qui venait de lui être surajouté et qui s'appuyait si voluptueusement, si tristement contre mon cœur. Mais déjà la jeune fille avait disparu.

Un peu plus loin je vis un groupe de trois jeunes filles un peu plus âgées, peut-être des jeunes femmes, dont l'allure élégante et énergique correspondait si bien à ce qui m'avait séduit le premier jour où j'avais aperçu Albertine et ses amies, que j'emboîtai le pas à ces trois nouvelles jeunes filles et au moment où elles prirent une voiture, j'en cherchai désespérément une autre dans tous les sens. Je la trouvai, mais trop tard. Je ne les rejoignis pas. Mais quelques jours plus tard, comme je rentrais, j'aperçus, sortant de sous la voûte de notre maison, les trois jeunes filles que j'avais suivies au Bois. C'était tout à fait, les deux brunes surtout, et un peu plus âgées seulement, de ces jeunes filles du monde qui souvent, vues de ma fenêtre ou croisées dans la rue, m'avaient fait faire mille projets, aimer la vie, et que je n'avais pu connaître. La blonde avait un air un peu plus délicat, presque souffrant, qui me plaisait moins. Ce fut pourtant elle qui fut cause que je ne me contentai pas de les considérer un instant, mais qu'ayant pris racine, je les contemplai avec ces regards qui, par leur fixité impossible à distraire, leur application comme à un problème, semblent avoir conscience qu'il s'agit d'aller bien au delà de ce qu'on voit.

Je les aurais sans doute laissé disparaître comme tant d'autres si, au moment où elles passèrent devant moi, la blonde — était-ce parce que je les contemplais avec cette attention ? — me lança furtivement un premier regard, puis, m'ayant dépassé et retournant la tête vers moi, un second qui acheva de m'enflammer. Cependant comme elle cessa de s'occuper de moi et se remit à causer avec ses amies, mon ardeur eût sans doute fini par tomber, si elle n'avait été centuplée par le fait suivant. Ayant demandé au concierge qui elles étaient : « Elles ont demandé Mme la Duchesse, me dit-il. Je crois qu'il n'y en a qu'une qui la connaisse et que les autres l'avaient seulement accompagnée jusqu'à la porte. Voici le nom, je ne sais pas si j'ai bien écrit. » Et je lus : Mlle Déporcheville, que je rétablis aisément : d'Éporcheville, c'est-à-dire le nom ou à peu près, autant que je me souvenais, de la jeune fille d'excellente famille et apparentée vaguement aux Guermantes dont Robert m'avait parlé pour l'avoir rencontrée dans une maison de passe et avec laquelle il avait eu des relations. Je comprenais maintenant la signification de son regard, pourquoi elle s'était retournée et cachée de ses compagnes. Que de fois j'avais pensé à elle, me l'imaginant d'après le nom que m'avait dit Robert. Et voici que je venais de la voir, nullement différente de ses amies, sauf par ce regard dissimulé qui ménageait entre elle et moi une entrée secrète dans des parties de sa vie qui, évidemment, étaient cachées à ses amies, et qui me la faisait paraître plus accessible — presque à demi-mienne — plus douce que ne sont d'habitude les jeunes filles de l'aristocratie. Dans l'esprit de celle-ci, entre elle et moi, il y avait d'avance de commun les heures que nous aurions pu passer ensemble, si elle avait eu la liberté de me donner un rendez-vous. N'était-ce pas ce que son regard avait voulu m'exprimer avec une éloquence qui ne fut claire que pour moi. Mon cœur battait de toutes ses forces, je n'aurais pas pu dire exactement comment était faite Mlle d'Éporcheville, je revoyais vaguement un blond visage aperçu de côté, mais j'étais amoureux fou d'elle. Tout d'un coup je m'avisai que je raisonnais comme si, entre les trois, Mlle d'Éporcheville était précisément la blonde qui s'était retournée et m'avait regardé deux fois. Or le concierge ne me l'avait pas dit. Je revins à sa loge, l'interrogeai à nouveau, il me dit qu'il ne pouvait me renseigner là-dessus, mais qu'il allait le demander à sa femme qui les avait déjà vues une autre fois. Elle était en train de faire l'escalier de service. Qui n'a eu au cours de sa vie de ces incertitudes, plus ou moins semblables à celles-là, et délicieuses ? Un ami charitable à qui on décrit une jeune fille qu'on a vue au bal, en conclut qu'elle devait être une de ses amies et vous invite avec elle. Mais entre tant d'autres et sur un simple portrait parlé n'y aura-t-il pas eu d'erreur commise ? La jeune fille que vous allez voir tout à l'heure ne sera-t-elle pas une autre que celle que vous désirez ? Ou au contraire n'allez-vous pas voir vous tendre la main en souriant précisément celle que vous souhaitiez qu'elle fût ? Ce dernier cas assez fréquent, sans être justifié toujours par un raisonnement aussi probant que celui qui concernait Mlle d'Éporcheville, résulte d'une sorte d'intuition et aussi de ce souffle de chance qui parfois nous favorise. Alors, en la voyant, nous nous disons : « C'était bien elle. » Je me rappelle que, dans la petite bande des jeunes filles se promenant au bord de la mer, j'avais deviné juste celle qui s'appelait Albertine Simonet. Ce souvenir me causa une douleur aiguë mais brève, et tandis que le concierge cherchait sa femme, je songeais surtout — pensant à Mlle d'Éporcheville et comme dans ces minutes d'attente où un nom, un renseignement qu'on a on ne sait pourquoi adapté à un visage, se trouve un instant libre et flotte, prêt s'il adhère à un nouveau visage, à rendre rétrospectivement le premier sur lequel il vous avait renseigné inconnu, innocent, insaisissable, — que la concierge allait peut-être m'apprendre que Mlle d'Éporcheville était au contraire une des deux brunes. Dans ce cas s'évanouissait l'être à l'existence duquel je croyais, que j'aimais déjà, que je ne songeais plus qu'à posséder, cette blonde et sournoise Mlle d'Éporcheville que la fatale réponse allait alors dissocier en deux éléments distincts, que j'avais arbitrairement unis

17

à la façon d'un romancier qui fond ensemble
divers éléments empruntés à la réalité pour créer
un personnage imaginaire, et qui, pris chacun
à part, — le nom ne corroborant pas l'intention
du regard — perdaient toute signification. Dans
ce cas mes arguments se trouvaient détruits, mais
combien ils se trouvèrent au contraire fortifiés
quand le concierge revint me dire que Mlle d'Éporcheville était bien la blonde.

Dès lors je ne pouvais plus croire à une homo-
nymie. Le hasard eût été trop grand que sur ces
trois jeunes filles l'une s'appelât Mlle d'Éporcheville, que ce fût justement (ce qui était la première
vérification typique de ma supposition) celle qui
m'avait regardé de cette façon, presque en me
souriant, et que ce ne fût pas celle qui allait dans
les maisons de passe.

Alors commença une journée d'une folle agitation. Avant même de partir acheter tout ce que
je croyais propre à me parer pour produire une
meilleure impression quand j'irais voir Mme de
Guermantes le surlendemain, jour où la jeune
fille devait, m'avait dit le concierge revenir voir
la Duchesse, chez qui je trouverais ainsi une
jeune fille facile et prendrais rendez-vous avec
elle (car je trouverais bien le moyen de l'entretenir un instant dans un coin du salon), j'allai
pour plus de sûreté télégraphier à Robert pour
lui demander le nom exact et la description de la
jeune fille, espérant avoir sa réponse avant le
surlendemain (je ne pensais pas une seconde à

autre chose, même pas à Albertine) décidé, quoi-
qu'il pût m'arriver d'ici là, dussè-je m'y faire
descendre en chaise à porteur si j'étais malade, à
faire une visite prolongée à la duchesse. Si je télégraphiais à Saint-Loup, ce n'est pas qu'il me
restât des doutes sur l'identité de la personne, et
que la jeune fille vue et celle dont il m'avait parlé
fussent encore distinctes pour moi. Je ne doutais
pas qu'elles n'en fissent qu'une seule. Mais dans
mon impatience d'attendre le surlendemain, il
m'était doux, c'était déjà pour moi comme un
pouvoir secret sur elle, de recevoir une dépêche
la concernant, pleine de détails. Au télégraphe,
tout en rédigeant ma dépêche avec l'animation
de l'homme qu'échauffe l'espérance, je remarquai
combien j'étais moins désarmé maintenant que
dans mon enfance et vis-à-vis de Mlle d'Éporcheville que de Gilberte. A partir du moment où
j'avais pris seulement la peine d'écrire ma dépêche, l'employé n'avait plus qu'à la prendre, les
réseaux les plus rapides de communication élec-
trique à la transmettre à l'étendue de la France
et de la Méditerranée, et tout le passé noceur de
Robert allait être appliqué à identifier la personne
que je venais de rencontrer, se trouver au service
du roman que je venais d'ébaucher et auquel je
n'avais même plus besoin de penser, car la réponse
allait se charger de le conclure avant que vingt-
quatre heures fussent accomplies. Tandis qu'autrefois, ramené des Champs-Élysées par Françoise,
nourrissant seul à la maison d'impuissants désirs,

19

ne pouvant user des moyens pratiques de la civilisation, j'aimais comme un sauvage ou même, car je n'avais pas la liberté de bouger, comme une fleur. A partir de ce moment mon temps se passa dans la fièvre ; une absence de quarante-huit heures que mon père me demanda de faire avec lui et qui m'eût fait manquer la visite chez la duchesse me mit dans une rage et un désespoir tels que ma mère s'interposa et obtint de mon père de me laisser à Paris. Mais pendant plusieurs heures ma colère ne put s'apaiser, tandis que mon désir de Mlle d'Éporcheville avait été centuplé par l'obstacle qu'on avait mis entre nous, par la crainte que j'avais eue un instant que ces heures, auxquelles je souriais d'avance sans trêve, de ma visite chez Mme de Guermantes, comme un bien certain que nul ne pourrait m'enlever, n'eussent pas lieu. Certains philosophes disent que le monde extérieur n'existe pas et que c'est en nous-même que nous développons notre vie. Quoi qu'il en soit, l'amour, même en ses plus humbles commencements, est un exemple frappant du peu qu'est la réalité pour nous. M'eût-il fallu dessiner de mémoire un portrait de Mlle d'Éporcheville, donner sa description, son signalement, et même la reconnaître dans la rue cela m'eût été impossible. Je l'avais aperçue de profil, bougeante, elle m'avait semblé jolie, simple, grande et blonde, je n'aurais pas pu en dire davantage. Mais toutes les réactions du désir, de l'anxiété, du coup mortel frappé par la **peur** de ne pas la voir si mon père m'emmenait, tout cela, associé à une image qu'en somme je ne connaissais pas et dont il suffisait que je la susse agréable, constituait déjà un amour. Enfin le lendemain matin, après une nuit d'insomnie heureuse, je reçus la dépêche de Saint-Loup : « de l'Orgeville, de particule, orge la graminée, comme du seigle, ville comme une ville, petite, brune, boulotte, est en ce moment en Suisse. » Ce n'était pas elle !

Un instant avant que Françoise m'apportât la dépêche, ma mère était entrée dans ma chambre avec le courrier, l'avait posé sur mon lit avec négligence, en ayant l'air de penser à autre chose. Et se retirant aussitôt pour me laisser seul, elle avait souri en partant. Et moi, connaissant les ruses de ma chère maman et sachant qu'on pouvait toujours lire dans son visage, sans crainte de se tromper, si l'on prenait comme clef le désir de faire plaisir aux autres, je souris et pensai : « Il y a quelque chose d'intéressant pour moi dans le courrier, et maman a affecté cet air indifférent et distrait pour que ma surprise soit complète et pour ne pas faire comme les gens qui vous ôtent la moitié de votre plaisir en vous l'annonçant. Et elle n'est pas restée là parce qu'elle a craint que par amour-propre je dissimule le plaisir que j'aurais et ainsi le ressente moins vivement ». Cependant en allant vers la porte pour sortir, elle avait rencontré Françoise qui entrait chez moi, la dépêche à la main. Dès qu'elle me l'eut donnée, ma mère avait forcé Françoise à rebrousser chemin et l'avait entraînée dehors, effarouchée, offensée et surprise. Car Françoise considérait que sa charge comportait le privilège de pénétrer à toute heure dans ma chambre et d'y rester s'il lui plaisait. Mais déjà, sur son visage, l'étonnement et la colère avaient disparu sous le sourire noirâtre et gluant d'une pitié transcendante et d'une ironie philosophique, liqueur visqueuse que secrétait, pour guérir sa blessure, son amour-propre lésé. Pour ne pas se sentir méprisée, elle nous méprisait. Aussi bien pensait-elle que nous étions des maîtres, c'est-à-dire des êtres capricieux, qui ne brillent pas par l'intelligence et qui trouvent leur plaisir à imposer par la peur à des personnes spirituelles, à des domestiques, pour bien montrer qu'ils sont les maîtres, des devoirs absurdes comme de faire bouillir l'eau en temps d'épidémie, de balayer ma chambre avec un linge mouillé, et d'en sortir au moment où on avait justement l'intention d'y rester. Maman avait posé le courrier tout près de moi, pour qu'il ne pût pas m'échapper. Mais je sentis que ce n'étaient que des journaux. Sans doute y avait-il quelque article d'un écrivain que j'aimais et qui, écrivant rarement, serait pour moi une surprise. J'allai à la fenêtre, j'écartai les rideaux. Au-dessus du jour blême et brumeux, le ciel était tout rose comme à cette heure dans les cuisines les fourneaux qu'on allume, et cette vue me remplit d'espérance et du désir de passer la

nuit et de m'éveiller à la petite station campa-
gnarde où j'avais vu la laitière aux joues roses.

Pendant ce temps-là j'entendais Françoise qui,
indignée qu'on l'eût chassée de ma chambre où
elle considérait qu'elle avait ses grandes entrées,
grommelait : « Si c'est pas malheureux, un enfant
qu'on a vu naître. Je ne l'ai pas vu quand sa
mère le faisait bien sûr. Mais quand je l'ai connu,
pour bien dire, il n'y avait pas cinq ans qu'il
était naquis ! »

J'ouvris le *Figaro*. Quel ennui ! Justement le
premier article avait le même titre que celui que
j'avais envoyé et qui n'avait pas paru, mais pas
seulement le même titre,... voici quelques mots
absolument pareils. Cela, c'était trop fort. J'en-
verrais une protestation. Mais ce n'étaient pas que
quelques mots, c'était tout, c'était ma signature.
C'était mon article qui avait enfin paru ! Mais ma
pensée qui, déjà à cette époque, avait commencé
à vieillir et à se fatiguer un peu, continua un
instant encore à raisonner comme si elle n'avait
pas compris que c'était mon article, comme ces
vieillards qui sont obligés de terminer jusqu'au
bout un mouvement commencé même s'il est
devenu inutile, même si un obstacle imprévu,
devant lequel il faudrait se retirer immédiatement
le rend dangereux. Puis je considérai le pain
spirituel qu'est un journal encore chaud et humide
de la presse récente dans le brouillard du matin
où on le distribue, dès l'aurore, aux bonnes qui
l'apportent à leurs maîtres avec le café au lait,

pain miraculeux, multipliable, qui est à la fois
un et dix mille, qui reste le même pour chacun
tout en pénétrant innombrable à la fois dans toutes
les maisons.

Ce que je tenais en main, ce n'est pas un certain
exemplaire du journal, c'est l'un quelconque des
dix mille, ce n'est pas seulement ce qui a été
écrit pour moi, c'est ce qui a été écrit pour moi
et pour tous. Pour apprécier exactement le phénomène qui se produit en ce moment dans les
autres maisons, il faut que je lise cet article non
en auteur, mais comme un des autres lecteurs du
journal. Car ce que je tenais en main n'était pas
seulement ce que j'avais écrit, mais était le symbole de l'incarnation dans tant d'esprits. Aussi
pour le lire, fallait-il que je cessasse un moment
d'en être l'auteur, que je fusse l'un quelconque des
lecteurs du *Figaro*. Mais d'abord une première
inquiétude. Le lecteur non prévenu verrait-il cet
article ? Je déplie distraitement le journal comme
ferait ce lecteur non prévenu, ayant même sur
ma figure l'air d'ignorer ce qu'il y a ce matin
dans mon journal et d'avoir hâte de regarder les
nouvelles mondaines et la politique. Mais mon
article est si long que mon regard qui l'évite
(pour rester dans la vérité, et ne pas mettre la
chance de mon côté comme quelqu'un qui attend
compte très lentement exprès) en accroche un
morceau au passage. Mais beaucoup de ceux qui
aperçoivent le premier article et même qui le lisent
ne regardent pas la signature ; moi-même je serais

bien incapable de dire de qui était le premier article de la veille. Et je me promets maintenant de les lire toujours et le nom de leur auteur, mais comme un amant jaloux qui ne trompe pas sa maîtresse pour croire à sa fidélité, je songe tristement que mon attention future ne forcera pas en retour celle des autres. Et puis il y a ceux qui vont partir pour la chasse, ceux qui sont sortis brusquement de chez eux. Enfin quelques-uns tout de même le liront. Je fais comme ceux-là, je commence. J'ai beau savoir que bien des gens qui liront cet article le trouveront détestable, au moment où je lis, ce que je vois dans chaque mot me semble être sur le papier, je ne peux pas croire que chaque personne en ouvrant les yeux ne verra pas directement les images que je vois, croyant que la pensée de l'auteur est directement perçue par le lecteur, tandis que c'est une autre pensée qui se fabrique dans son esprit, avec la même naïveté que ceux qui croient que c'est là parole même qu'on a prononcée qui chemine telle quelle le long des fils du téléphone ; au moment même où je veux être un lecteur, mon esprit refait en auteur le tour de ceux qui liront mon article. Si M. de Guermantes ne comprenait pas telle phrase que Bloch aimerait, en revanche, il pourrait s'amuser de telle réflexion que Bloch dédaignerait. Ainsi pour chaque partie que le lecteur précédent semblait délaisser, un nouvel amateur se présentant, l'ensemble de l'article se trouvait élevé aux nues par une foule et s'imposait ainsi à ma propre défiance de moi-même qui n'avait plus besoin de le détruire. C'est qu'en réalité, il en est de la valeur d'un article, si remarquable qu'il puisse être, comme de ces phrases des comptes rendus de la Chambre où les mots « Nous verrons bien » prononcés par le ministre ne prennent toute leur importance qu'encadrés ainsi : LE PRÉSIDENT DU CONSEIL, MINISTRE DE L'INTÉRIEUR ET DES CULTES : « Nous verrons bien » *(Vives exclamations à l'extrême-gauche. Très bien ! sur quelques bancs à gauche et au centre)* — la plus grande partie de leur beauté réside dans l'esprit des lecteurs. Et c'est la tare originelle de ce genre de littérature dont ne sont pas exceptés les célèbres *Lundis* que leur valeur réside dans l'impression qu'elle produit sur les lecteurs. C'est une Vénus collective, dont on n'a qu'un membre mutilé si l'on s'en tient à la pensée de l'auteur, car elle ne se réalise complète que dans l'esprit de ses lecteurs. En eux elle s'achève. Et comme une foule, fût-elle une élite, n'est pas artiste, ce cachet dernier qu'elle lui donne garde toujours quelque chose d'un peu commun. Ainsi Sainte-Beuve, le lundi, pouvait se représenter Mme de Boigne dans son lit à huit colonnes lisant son article du *Constitutionnel*, appréciant telle jolie phrase dans laquelle il s'était longtemps complu et qui ne serait peut-être jamais sortie de lui s'il n'avait jugé à propos d'en bourrer son feuilleton pour que le coup en portât plus loin. Sans doute le chancelier le lisant de son côté en parlerait à sa vieille amie dans la visite qu'il lui ferait un peu plus tard. Et en l'emmenant ce soir dans sa voiture, le duc de Noailles en pantalon gris lui dirait ce qu'on en avait pensé dans la société, si un mot de Mme d'Herbouville ne le lui avait déjà appris.

Je voyais ainsi à cette même heure, pour tant de gens, ma pensée, ou même à défaut de ma pensée pour ceux qui ne pouvaient la comprendre la répétition de mon nom et comme une évocation embellie de ma personne, briller sur eux, en une aurore qui me remplissait de plus de force et de joie triomphante que l'aurore innombrable qui en même temps se montrait rose à toutes les fenêtres.

Je voyais Bloch, M. de Guermantes, Legrandin, tirer chacun à son tour de chaque phrase les images qu'il y enferme ; au moment même où j'essaie d'être un lecteur quelconque, je lis en auteur, mais pas en auteur seulement. Pour que l'être impossible que j'essaie d'être, réunisse tous les contraires qui peuvent m'être le plus favorables, si je lis en auteur, je me juge en lecteur, sans aucune des exigences que peut avoir pour un écrit celui qui y confronte l'idéal qu'il a voulu y exprimer. Ces phrases de mon article, lorsque je les écrivis, étaient si pâles auprès de ma pensée, si compliquées et opaques auprès de ma vision harmonieuse et transparente, si pleines de lacunes que je n'étais pas arrivé à remplir, que leur lecture était pour moi une souffrance, elles n'avaient fait qu'accentuer en moi le sentiment de mon impuissance et de mon manque incurable de talent. Mais maintenant, en m'efforçant d'être lecteur, si je me déchargeais sur les autres du devoir douloureux de me juger, je réussissais du moins à faire table rase de ce que j'avais voulu faire en lisant ce que j'avais fait. Je lisais l'article en m'efforçant de me persuader qu'il était d'un autre. Alors toutes mes images, toutes mes réflexions, toutes mes épithètes prises en elles-mêmes et sans le souvenir de l'échec qu'elles représentaient pour mes visées, me charmaient par leur éclat, leur ampleur, leur profondeur. Et quand je sentais une défaillance trop grande, me réfugiant dans l'âme du lecteur quelconque émerveillé, je me disais : « Bah ! comment un lecteur peut-il s'apercevoir de cela, il manque quelque chose là, c'est possible. Mais, sapristi, s'ils ne sont pas contents ! Il y a assez de jolies choses comme cela, plus qu'ils n'en ont l'habitude. » Et m'appuyant sur ces dix mille approbations qui me soutenaient, je puisais autant de sentiment de ma force et d'espoir de talent dans la lecture que je faisais à ce moment que j'y avait puisé de défiance quand ce que j'avais écrit ne s'adressait qu'à moi.

A peine eus-je fini cette lecture réconfortante, que moi qui n'avais pas eu le courage de relire mon manuscrit, je souhaitai de la recommencer immédiatement, car il n'y a rien comme un vieil article de soi dont on puisse mieux dire que

« quand on l'a lu on peut le relire ». Je me promis d'en faire acheter d'autres exemplaires par Françoise, pour donner à des amis, lui dirais-je, en réalité pour toucher du doigt le miracle de la multiplication de ma pensée et lire, comme si j'étais un autre Monsieur qui vient d'ouvrir le *Figaro*, dans un autre numéro les mêmes phrases. Il y avait justement un temps infini que je n'avais vu les Guermantes, je devais leur faire le lendemain, cette visite que j'avais projetée avec tant d'agitation afin de rencontrer Mlle d'Éporcheville, lorsque je télégraphiais à St-Loup. Je me rendrais compte par eux de l'opinion qu'on avait de mon article. Je pensais à telle lectrice dans la chambre de qui j'eusse tant aimé pénétrer et à qui le journal apporterait sinon ma pensée, qu'elle ne pourrait comprendre, du moins mon nom, comme une louange de moi. Mais les louanges décernées à ce qu'on n'aime pas n'enchantent pas plus le cœur, que les pensées d'un esprit qu'on ne peut pénétrer n'atteignent l'esprit. Pour d'autres amis, je me disais que si l'état de ma santé continuait à s'aggraver et si je ne pouvais plus les voir, il serait agréable de continuer à écrire pour avoir encore par là accès auprès d'eux, pour leur parler entre les lignes, les faire penser à mon gré, leur plaire, être reçu dans leur cœur. Je me disais cela parce que les relations mondaines ayant eu jusqu'ici une place dans ma vie quotidienne, un avenir où elles ne figureraient plus m'effrayait et que cet expédient qui me permettrait de retenir

sur moi l'attention de mes amis, peut-être d'exciter
leur admiration, jusqu'au jour où je serais assez
bien pour recommencer à les voir, me consolait.
Je me disais cela, mais je sentais bien que ce n'était
pas vrai, que si j'aimais à me figurer leur attention
comme l'objet de mon plaisir, ce plaisir était un
plaisir intérieur, spirituel, ultime, qu'eux ne pouvaient me donner, et que je pouvais trouver non
en causant avec eux, mais en écrivant loin d'eux,
et que, si je commençais à écrire pour les voir
indirectement, pour qu'ils eussent une meilleure
idée de moi, pour me préparer une meilleure
situation dans le monde, peut-être écrire m'ôterait
l'envie de les voir, et que la situation que la littérature m'aurait peut-être faite dans le monde,
je n'aurais plus envie d'en jouir, car mon plaisir
ne serait plus dans le monde, mais dans la littérature.

Après le déjeuner, quand j'allai chez Mme de
Guermantes, ce fut moins pour Mlle d'Éporcheville qui avait perdu, du fait de la dépêche de
Saint-Loup, le meilleur de sa personnalité que
pour voir en la duchesse elle-même une de ces
lectrices de mon article qui pourraient me permettre d'imaginer ce qu'avait pu penser le public,
— abonnés et acheteurs, — du *Figaro*. Ce n'est
pas du reste sans plaisir que j'allais chez Mme de
Guermantes. J'avais beau me dire que ce qui diffé-
renciait pour moi ce salon des autres, c'était le
long stage qu'il avait fait dans mon imagination,
en connaissant les causes de cette différence, je

ne l'abolissais pas. Il existait d'ailleurs pour moi
plusieurs noms de Guermantes. Si celui que ma
mémoire n'avait inscrit que comme dans un livre
d'adresses ne s'accompagnait d'aucune poésie, de
plus anciens, ceux qui remontaient au temps où
je ne connaissais pas Mme de Guermantes, étaient
susceptibles de se reformer en moi, surtout quand
il y avait longtemps que je ne l'avais vue et que
la clarté crue de la personne au visage humain
n'éteignait pas les rayons mystérieux du nom.
Alors de nouveau je me remettais à penser à la
demeure de Mme de Guermantes comme à quelque
chose qui eût été au delà du réel, de la même façon
que je me remettais à penser au Balbec brumeux de
mes premiers rêves, et comme si depuis je n'avais
pas fait ce voyage, au train de une heure cinquante
comme si je ne l'avais pas pris. J'oubliais un instant la connaissance que j'avais que tout cela
n'existait pas, comme on pense quelquefois à un
être aimé en oubliant pendant un instant qu'il
est mort. Puis l'idée de la réalité revint en entrant
dans l'antichambre de la duchesse. Mais je me
consolai en me disant qu'elle était malgré tout
pour moi le véritable point d'intersection entre
la réalité et le rêve.

En entrant dans le salon, je vis la jeune fille
blonde que j'avais crue pendant vingt-quatre
heures être celle dont Saint-Loup m'avait parlé.
Ce fut elle-même qui demanda à la duchesse de
me « représenter » à elle. Et en effet, depuis que
j'étais entré, j'avais une impression de très bien

la connaître, mais que dissipa la duchesse en me disant : « Ah ! vous avez déjà rencontré Mlle de Forcheville. » Or, au contraire, j'étais certain de n'avoir jamais été présenté à aucune jeune fille de ce nom, lequel m'eût certainement frappé, tant il était familier à ma mémoire depuis qu'on m'avait fait un récit rétrospectif des amours d'Odette et de la jalousie de Swann. En soi ma double erreur de nom, de m'être rappelé de l'Orgeville comme étant d'Éporcheville et d'avoir reconstitué en Éporcheville ce qui était en réalité Forcheville n'avait rien d'extraordinaire. Notre tort est de croire que les choses se présentent habituellement telles qu'elles sont en réalité, les noms tels qu'ils sont écrits, les gens tels que la photographie et la psychologie donnent d'eux une notion immobile. En fait ce n'est pas du tout cela que nous percevons d'habitude. Nous voyons, nous entendons, nous concevons le monde tout de travers. Nous répétons un nom tel que nous l'avons entendu jusqu'à ce que l'expérience ait rectifié notre erreur, ce qui n'arrive pas toujours. Tout le monde à Combray parla pendant vingt-cinq ans à Françoise de Mme Sazerat et Françoise continua à dire Mme Sazerin, non par cette volontaire et orgueilleuse persévérance dans ses erreurs qui était habituelle chez elle, se renforçait de notre contradiction et était tout ce qu'elle avait ajouté chez elle à la France de Saint-André-des-Champs (des principes égalitaires de 1789, elle ne réclamait qu'un droit du citoyen, celui de ne pas prononcer comme nous et de maintenir qu'hôtel, été et air étaient du genre féminin), mais parce qu'en réalité elle continua toujours d'entendre Sazerin. Cette perpétuelle erreur qui est précisément la « vie », ne donne pas ses mille formes seulement à l'univers visible et à l'univers audible, mais à l'univers social, à l'univers sentimental, à l'univers historique, etc. La Princesse de Luxembourg n'a qu'une situation de cocotte pour la femme du Premier Président, ce qui du reste est de peu de conséquence ; ce qui en a un peu plus, Odette est une femme difficile pour Swann, d'où il bâtit tout un roman qui ne devient que plus douloureux quand il comprend son erreur ; ce qui en a encore davantage, les Français ne rêvent que la revanche aux yeux des Allemands. Nous n'avons de l'univers que des visions informes, fragmentées et que nous complétons par des associations d'idées arbitraires, créatrices de dangereuses suggestions. Je n'aurais donc pas eu lieu d'être étonné en entendant le nom de Forcheville (et déjà je me demandais si c'était une parente du Forcheville dont j'avais tant entendu parler) si la jeune fille blonde ne m'avait dit aussitôt, désireuse sans doute de prévenir avec tact des questions qui lui eussent été désagréables : « Vous ne vous souvenez pas que vous m'avez beaucoup connue autrefois,... vous veniez à la maison,... votre amie Gilberte. J'ai bien vu que vous ne me reconnaissiez pas. Moi je vous ai bien reconnu tout de suite. » (Elle dit cela comme si elle m'avait reconnu tout de suite dans le salon, mais la vérité est qu'elle m'avait reconnu dans la rue et m'avait dit bonjour, et plus tard Mme de Guermantes me dit qu'elle lui avait raconté comme une chose très drôle et extraordinaire que je l'avais suivie et frôlée, la prenant pour une cocotte). Je ne sus qu'après son départ pourquoi elle s'appelait Mlle de Forcheville. Après la mort de Swann, Odette qui étonna tout le monde par une douleur profonde, prolongée et sincère, se trouvait être une veuve très riche. Forcheville l'épousa, après avoir entrepris une longue tournée de châteaux et s'être assuré que sa famille recevrait sa femme. (Cette famille fit quelques difficultés, mais céda devant l'intérêt de ne plus avoir à subvenir aux dépenses d'un parent besogneux qui allait passer d'une quasi-misère à l'opulence.) Peu après un oncle de Swann, sur la tête duquel la disparition successive de nombreux parents avait accumulé un énorme héritage, mourut, laissant toute cette fortune à Gilberte qui devenait ainsi une des plus riches héritières de France. Mais c'était le moment où des suites de l'affaire Dreyfus était né un mouvement antisémite parallèle à un mouvement plus abondant de pénétration du monde par les israélites. Les politiciens n'avaient pas eu tort en pensant que la découverte de l'erreur judiciaire porterait un coup à l'antisémitisme. Mais provisoirement au moins un antisémitisme mondain s'en trouvait au contraire accru et exaspéré.

Forcheville qui, comme le moindre noble, avait puisé dans des conversations de famille la certitude que son nom était plus ancien que celui de La Rochefoucauld, considérait qu'en épousant la veuve d'un juif, il avait accompli le même acte de charité qu'un millionnaire qui ramasse une prostituée dans la rue et la tire de la misère et de la fange ; il était prêt à étendre sa bonté jusqu'à la personne de Gilberte dont tant de millions aideraient, mais dont cet absurde nom de Swann gênerait le mariage. Il déclara qu'il l'adoptait. On sait que Mme de Guermantes, à l'étonnement — qu'elle avait d'ailleurs le goût et l'habitude de provoquer — de sa société s'était, quand Swann s'était marié, refusée à recevoir sa fille aussi bien que sa femme. Ce refus avait été en apparence d'autant plus cruel que ce qu'avait pendant longtemps représenté à Swann son mariage possible avec Odette, c'était la présentation de sa fille à Mme de Guermantes. Et sans doute il eût dû savoir, lui qui avait déjà tant vécu, que ces tableaux qu'on se fait ne se réalisent jamais pour différentes raisons. Parmi celles-là il en est une qui fit qu'il pensa peu à regretter cette présentation. Cette raison est que, quelle que soit l'image, depuis la truite à manger au coucher du soleil qui décide un homme sédentaire à prendre le train, jusqu'au désir de pouvoir étonner un soir une orgueilleuse caissière en s'arrêtant devant elle en somptueux équipage qui décide un homme sans scrupules à commettre un assassinat, ou à souhaiter la mort et l'héritage des siens, selon qu'il est plus brave ou plus paresseux, qu'il va plus loin dans la suite de ses idées ou reste à en caresser le premier chaînon, l'acte qui est destiné à nous permettre d'atteindre l'image, que cet acte soit le voyage, le mariage, le crime,... cet acte nous modifie assez profondément pour que nous n'attachions plus d'importance à la raison qui nous a fait l'accomplir. Il se peut même que ne vienne plus une seule fois à son esprit l'image que se formait celui qui n'était pas encore un voyageur, ou un mari, ou un criminel, ou un isolé (qui s'est mis au travail pour la gloire et s'est du même coup détaché du désir de la gloire). D'ailleurs missions-nous de l'obstination à ne pas avoir voulu agir en vain, il est probable que l'effet de soleil ne se retrouverait pas, qu'ayant froid à ce moment-là, nous souhaiterions un potage au coin du feu et non une truite en plein air, que notre équipage laisserait indifférente la caissière qui peut-être avait pour des raisons tout autres une grande cons'dération pour nous et dont cette brusque richesse exciterait la méfiance. Bref nous avons vu Swann marié attacher surtout de l'importance aux relations de sa femme et de sa fille avec Mme Bontemps.

A toutes les raisons, tirées de la façon Guermantes de comprendre la vie mondaine, qui avaient décidé la Duchesse à ne jamais se laisser présenter Mme et Mlle Swann, on peut ajouter aussi cette assurance heureuse avec laquelle les

gens qui n'aiment pas se tiennent à l'écart de
ce qu'ils blâment chez les amoureux et que l'amour
de ceux-ci explique. « Oh ! je ne me mêle pas à
tout ça, si ça amuse le pauvre Swann de faire
des bêtises et de ruiner son existence, c'est son
affaire, mais on ne sait pas avec ces choses-là,
tout ça peut très mal finir, je les laisse se
débrouiller. » C'est le *Suave mari magno* que
Swann lui-même me conseillait à l'égard des
Verdurin, quand il avait depuis longtemps cessé
d'être amoureux d'Odette et ne tenait plus au
petit clan. C'est tout ce qui rend si sages les juge-
ments des tiers sur les passions qu'ils n'éprouvent
pas et les complications de conduite qu'elles
entraînent.

Mme de Guermantes avait même mis à exclure
Mme et Mlle Swann une persévérance qui avait
étonné. Quand Mme Molé, Mme de Marsantes
avaient commencé de se lier avec Mme Swann
et de mener chez elle un grand nombre de femmes
du monde, non seulement Mme de Guermantes
était restée intraitable, mais elle s'était arrangée
pour couper les ponts et que sa cousine la Princesse de Guermantes l'imitât. Un des jours les
plus graves de la crise où pendant le ministère
Rouvier on crut qu'il allait y avoir la guerre entre
la France et l'Allemagne, comme je dînais seul
chez Mme de Guermantes avec M. de Bréauté,
j'avais trouvé à la Duchesse l'air soucieux.
J'avais cru, comme elle se mêlait volontiers de
politique, qu'elle voulait montrer par là sa crainte

de la guerre, comme un jour où elle était venue à table si soucieuse, répondant à peine par monosyllabes, à quelqu'un qui l'interrogeait timidement sur l'objet de son souci, elle avait répondu d'un air grave : « La Chine m'inquiète ». Or au bout d'un moment, Mme de Guermantes, expliquant elle-même l'air soucieux que j'avais attribué à la crainte d'une déclaration de guerre, avait dit à M. de Bréauté : « On dit que Mme Aynard veut faire une position aux Swann. Il faut absolument que j'aille demain matin voir Marie-Gilbert pour qu'elle m'aide à empêcher ça. Sans cela il n'y a plus de société. C'est très joli l'affaire Dreyfus. Mais alors l'épicière du coin n'a qu'à se dire nationaliste et à vouloir en échange être reçue chez nous. » Et j'avais eu de ce propos, si frivole auprès de celui que j'attendais, l'étonnement du lecteur qui, cherchant dans le *Figaro* à la place habituelle les dernières nouvelles de la guerre russo-japonaise, tombe au lieu de cela sur la liste des personnes qui ont fait des cadeaux de noce à Mlle de Mortemart, l'importance d'un mariage aristocratique ayant fait reculer à la fin du journal les batailles sur terre et sur mer. La Duchesse finissait d'ailleurs par éprouver de sa persévérance poursuivie au delà de toute mesure, une satisfaction d'orgueil qu'elle ne manquait pas une occasion d'exprimer. « Bébel, disait-elle, prétend que nous sommes les deux personnes les plus élégantes de Paris, parce qu'il n'y a que moi et lui qui ne nous laissions pas saluer par

Mme et Mlle Swann. Or il assure que l'élégance est de ne pas connaître Mme Swann. » Et la Duchesse riait de tout son cœur.

Cependant, quand Swann fut mort, il arriva que la décision de ne pas recevoir sa fille avait fini de donner à Mme de Guermantes toutes les satisfactions d'orgueil, d'indépendance, de self-government, de persécution qu'elle était susceptible d'en tirer et auxquelles avait mis fin la disparition de l'être qui lui donnait la sensation délicieuse qu'elle lui résistait, qu'il ne parvenait pas à lui faire rapporter ses décrets.

Alors la Duchesse avait passé à la promulgation d'autres décrets qui, s'appliquant à des vivants, pussent lui faire sentir qu'elle était maîtresse de faire ce qui bon lui semblait. Elle ne parlait pas à la petite Swann, mais quand on lui parlait d'elle, la Duchesse ressentait une curiosité, comme d'un endroit nouveau, que ne venait pas lui masquer à elle-même le désir de résister à la prétention de Swann. D'ailleurs tant de sentiments différents peuvent contribuer à en former un seul qu'on ne saurait pas dire s'il n'y avait pas quelque chose d'affectueux pour Swann dans cet intérêt. Sans doute — car à tous les étages de la société une vie mondaine et frivole paralyse la sensibilité et ôte le pouvoir de ressusciter les morts — la Duchesse était de celles qui ont besoin de la présence — de cette présence qu'en vraie Guermantes elle excellait à prolonger — pour aimer vraiment, mais aussi, chose plus rare, pour détester un peu,

De sorte que souvent ses bons sentiments pour les gens, suspendus de leur vivant par l'irritation que tels ou tels de leurs actes lui causaient, renaissaient après leur mort. Elle avait presque alors un désir de réparation, parce qu'elle ne les imaginait plus — très vaguement d'ailleurs — qu'avec leurs qualités, et dépourvus des petites satisfactions, des petites prétentions qui l'agaçaient en eux quand ils vivaient. Cela donnait parfois, malgré la frivolité de Mme de Guermantes, quelque chose d'assez noble — mêlé à beaucoup de bassesse — à sa conduite. Tandis que les trois quarts des humains flattent les vivants et ne tiennent plus aucun compte des morts, elle faisait souvent après leur mort ce qu'auraient désiré ceux qu'elle avait maltraités, vivants.

Quant à Gilberte, toutes les personnes qui l'aimaient et avaient un peu d'amour-propre pour elle, n'eussent pu se réjouir du changement de dispositions de la Duchesse à son égard qu'en pensant que Gilberte, en repoussant dédaigneusement des avances qui venaient après vingt-cinq ans d'outrages, dût enfin venger ceux-ci. Malheureusement les réflexes moraux ne sont pas toujours identiques à ce que le bon sens imagine. Tel qui par une injure mal à propos a cru perdre à tout jamais ses ambitions auprès d'une personne à qui il tient les sauve au contraire par là. Gilberte assez indifférente aux personnes qui étaient aimables pour elle, ne cessait de penser avec admiration à l'insolente Mme de Guermantes, à se demander les raisons de cette insolence ; même, une fois, ce qui eût fait mourir de honte pour elle tous les gens qui lui témoignaient un peu d'amitié, elle avait voulu écrire à la Duchesse pour lui demander ce qu'elle avait contre une jeune fille qui ne lui avait rien fait. Les Guermantes avaient pris à ses yeux des proportions que leur noblesse eût été impuissante à leur donner. Elle les mettait au-dessus non seulement de toute la noblesse, mais même de toutes les familles royales.

D'anciennes amies de Swann s'occupaient beaucoup de Gilberte. Quand on apprit dans l'aristocratie le dernier héritage qu'elle venait de faire, on commença à remarquer combien elle était bien élevée et quelle femme charmante elle ferait. On prétendait qu'une cousine de Mme de Guermantes, la princesse de Nièvre, pensait à Gilberte pour son fils. Mme de Guermantes détestait Mme de Nièvre. Elle dit qu'un tel mariage serait un scandale. Mme de Nièvre effrayée assura qu'elle n'y avait jamais pensé. Un jour, après déjeuner, comme il faisait beau, et que M. de Guermantes devait sortir avec sa femme, Mme de Guermantes arrangeait son chapeau dans la glace, ses yeux bleus se regardaient eux-mêmes, et regardaient ses cheveux encore blonds, la femme de chambre tenait à la main diverses ombrelles entre lesquelles sa maîtresse choisirait. Le soleil entrait à flots par la fenêtre et ils avaient décidé de profiter de la belle journée pour aller faire une visite à Saint-Cloud, et M. de Guermantes tout prêt, en gants gris perle et le tube sur la tête se disait : « Oriane est vraiment encore étonnante. Je la trouve délicieuse », et voyant que sa femme avait l'air bien disposée : « A propos, dit-il, j'avais une commission à vous faire de Mme de Virelef. Elle voulait vous demander de venir lundi à l'Opéra, mais comme elle a la petite Swann, elle n'osait pas et m'a prié de tâter le terrain. Je n'émets aucun avis, je vous transmets tout simplement. Mon Dieu, il me semble que nous pourrions... » ajouta-t-il évasivement, car leur disposition à l'égard d'une personne étant une disposition collective et naissant identique en chacun d'eux, il savait par lui-même que l'hostilité de sa femme à l'égard de Mlle Swann était tombée et qu'elle était curieuse de la connaître. Mme de Guermantes acheva d'arranger son voile et choisit une ombrelle. « Mais comme vous voudrez, que voulez-vous que ça me fasse, je ne vois aucun inconvénient à ce que nous connaissions cette petite. Vous savez bien que je n'ai jamais rien eu *contre* elle. Simplement je ne voulais pas que nous ayons l'air de recevoir les faux-ménages de nos amis. Voilà tout. » « Et vous aviez parfaitement raison, répondit le Duc. Vous êtes la sagesse même, Madame, et vous êtes de plus ravissante avec ce chapeau. » « Vous êtes fort aimable », dit Mme de Guermantes en souriant à son mari et en se dirigeant vers la porte. Mais avant de monter en voiture, elle tint à lui donner encore quelques explications : « Maintenant il y a beaucoup de gens qui voient la mère, d'ailleurs elle a le bon esprit d'être malade les trois quarts de l'année... Il paraît que la petite est très gentille. Tout le monde sait que nous aimions beaucoup Swann. On trouvera cela tout naturel » et ils partirent ensemble pour Saint-Cloud.

Un mois après, la petite Swann, qui ne s'appelait pas encore Forcheville, déjeunait chez les Guermantes. On parla de mille choses ; à la fin du déjeuner, Gilberte dit timidement : « Je crois que vous avez très bien connu mon père. » « Mais je crois bien, dit Mme de Guermantes sur un ton mélancolique qui prouvait qu'elle comprenait le chagrin de la fille et avec un excès d'intensité voulu qui lui donnait l'air de dissimuler qu'elle n'était pas sûre de se rappeler très exactement le père. Nous l'avons très bien connu, je me le rappelle *très bien.* » (Et elle pouvait se le rappeler en effet, il était venu la voir presque tous les jours pendant vingt-cinq ans.) « Je sais très bien qui c'était, je vais vous dire, ajouta-t-elle, comme si elle avait voulu expliquer à la fille qui elle avait eu pour père et donner à cette jeune fille des renseignements sur lui, c'était un grand ami à ma belle-mère et aussi il était très lié avec mon beau-frère Palamède. » « Il venait aussi ici, il déjeunait même ici, ajouta M. de Guermantes par ostentation de modestie et scrupule d'exactitude. Vous vous rappelez, Oriane. Quel brave homme que votre père. Comme on sentait qu'il devait être d'une famille honnête, du reste j'ai aperçu autrefois son père et sa mère. Eux et lui, quelles bonnes gens ! »

On sentait que s'ils avaient été, les parents et le fils, encore en vie, le duc de Guermantes n'eût pas eu d'hésitation à les recommander pour une place de jardiniers ! Et voilà comment le faubourg Saint-Germain parle à tout bourgeois des autres bourgeois, soit pour le flatter de l'exception faite — le temps qu'on cause — en faveur de l'interlocuteur ou de l'interlocutrice, soit plutôt et en même temps pour l'humilier. C'est ainsi qu'un antisémite dit à un Juif, dans le moment même où il le couvre de son affabilité, du mal des juifs, d'une façon générale qui permette d'être blessant sans être grossier.

Mais sachant vraiment vous combler, quand elle vous voyait, ne pouvant alors se résoudre à vous laisser partir, Mme de Guermantes était aussi l'esclave de ce besoin de la présence. Swann avait pu parfois dans l'ivresse de la conversation donner à la Duchesse l'illusion qu'elle avait de l'amitié pour lui, il ne le pouvait plus. « Il était charmant », dit la Duchesse avec un sourire triste en posant sur Gilberte un regard très doux qui, à tout hasard, pour le cas où cette jeune fille serait sensible, lui montrerait qu'elle était comprise et que Mme de Guermantes, si elle se fût trouvée seule avec elle et si les circonstances l'eussent permis, eût aimé lui dévoiler toute la profondeur de sa sensibilité. Mais M. de Guermantes, soit qu'il pensât précisément que les circonstances s'opposaient à de telles effusions, soit qu'il considérât que toute exagération de sentiment était l'affaire des femmes et que les hommes n'avaient pas plus à y voir que dans leurs autres attributions, sauf la cuisine et les vins qu'il s'était réservés y ayant plus de lumières que la Duchesse, crut bien faire de ne pas alimenter, en s'y mêlant, cette conversation qu'il écoutait avec une visible impatience.

Du reste Mme de Guermantes, cet accès de sensibilité passé, ajouta avec une frivolité mondaine en s'adressant à Gilberte : « Tenez, c'était non seulement un grand ami à mon beau-frère Charlus mais aussi il était très ami avec Voisenon (le château du prince de Guermantes) » comme si le fait de connaître M. de Charlus et le Prince avait été pour Swann un hasard, comme si le beau-frère et le cousin de la Duchesse avaient été deux hommes avec qui Swann se fût trouvé lié dans une certaine circonstance, alors que Swann était lié avec tous les gens de cette même société, et comme si Mme de Guermantes avait voulu faire comprendre à Gilberte qui était à peu près son père, le lui « situer » par un de ces traits caractéristiques à l'aide desquels, quand on veut expliquer comment on se trouve en relations avec quelqu'un qu'on n'aurait pas à connaître, ou pour singulariser son récit, on invoque le parrainage particulier d'une certaine personne.

Quant à Gilberte, elle fut d'autant plus heureuse de voir tomber la conversation qu'elle ne cherchait

précisément qu'à en changer, ayant hérité de
Swann son tact exquis avec un charme d'intelligence que reconnurent et goûtèrent le duc et la
duchesse qui demandèrent à Gilberte de revenir
bientôt. D'ailleurs avec la minutie des gens dont
la vie est sans but, tour à tour ils s'apercevaient,
chez les gens avec qui ils se liaient, des qualités
les plus simples, s'exclamant devant elles avec
l'émerveillement naïf d'un citadin qui fait à la
campagne la découverte d'un brin d'herbe, ou au
contraire grossissant comme avec un microscope,
commentant sans fin, prenant en grippe les
moindres défauts, et souvent tour à tour chez
une même personne. Pour Gilberte ce furent
d'abord ces agréments sur lesquels s'exerça la
perspicacité oisive de M. et de Mme de Guermantes : « Avez-vous remarqué la manière dont
elle dit certains mots, dit après son départ la
duchesse à son mari, c'était bien du Swann, je
croyais l'entendre. » « J'allais faire la même
remarque que vous, Oriane. » « Elle est spirituelle,
c'est tout à fait le tour de son père. » « Je trouve
qu'elle lui est même très supérieure. Rappelez-
vous comme elle a bien raconté cette histoire
de bains de mer, elle a un brio que Swann n'avait
pas. » « Oh ! il était pourtant bien spirituel. »
« Mais je ne dis pas qu'il n'était pas spirituel.
Je dis qu'il n'avait pas de brio », dit M. de Guermantes d'un ton gémissant, car sa goutte le rendait
nerveux et, quand il n'avait personne d'autre
à qui témoigner son agacement, c'est à la duchesse

qu'il le manifestait. Mais incapable d'en bien comprendre les causes, il préférait prendre un air incompris.

Ces bonnes dispositions du duc et de la duchesse firent que dorénavant on eût au besoin dit quelquefois à Gilberte un « votre pauvre père » qui ne put d'ailleurs servir, Forcheville ayant précisément vers cette époque adopté la jeune fille. Elle disait : « mon père » à Forcheville, charmait les douairières par sa politesse et sa distinction, et on reconnaissait que, si Forcheville s'était admirablement conduit avec elle, la petite avait beaucoup de cœur et savait l'en récompenser. Sans doute parce qu'elle pouvait parfois et désirait montrer beaucoup d'aisance, elle s'était fait reconnaître par moi et devant moi avait parlé de son véritable père. Mais c'était une exception et on n'osait plus devant elle prononcer le nom de Swann.

Justement je venais de remarquer dans le salon deux dessins d'Elstir qui autrefois étaient relégués dans un cabinet d'en haut où je ne les avais vus que par hasard. Elstir était maintenant à la mode. Mme de Guermantes ne se consolait pas d'avoir donné tant de tableaux de lui à sa cousine, non parce qu'ils étaient à la mode, mais parce qu'elle les goûtait maintenant. La mode est faite en effet de l'engouement d'un ensemble de gens dont les Guermantes sont représentatifs. Mais elle ne pouvait songer à acheter d'autres tableaux de lui, car ils étaient montés depuis quelque temps à des prix follement élevés. Elle voulait au moins avoir quelque chose d'Elstir dans son salon et y avait fait descendre ces deux dessins qu'elle déclarait « préférer à sa peinture ».

Gilberte reconnut cette facture. « On dirait des Elstir, dit-elle. » « Mais oui, répondit étourdiment la duchesse, c'est précisément vot... ce sont de nos amis qui nous les ont fait acheter. C'est admirable. A mon avis, c'est supérieur à sa peinture. » Moi qui n'avais pas entendu ce dialogue, j'allai regarder les dessins. « Tiens, c'est l'Elstir que... » Je vis les signes désespérés de Mme de Guermantes. « Ah ! oui, l'Elstir que j'admirais en haut. Il est bien mieux que dans ce couloir. A propos d'Elstir je l'ai nommé hier dans un article du *Figaro*. Est-ce que vous l'avez lu ? » « Vous avez écrit un article dans le *Figaro?* s'écria M. de Guermantes avec la même violence que s'il s'était écrié : « Mais c'est ma cousine. » « Oui, hier. » « Dans le *Figaro*, vous êtes sûr ? Cela m'étonnerait bien. Car nous avons chacun notre *Figaro* et, s'il avait échappé à l'un de nous, l'autre l'aurait vu. N'est-ce pas, Oriane, il n'y avait rien. » Le duc fit chercher le *Figaro* et se rendit à l'évidence, comme si, jusque-là, il y eût eu plutôt chance que j'eusse fait erreur sur le journal où j'avais écrit. « Quoi, je ne comprends pas, alors vous avez fait un article dans le *Figaro* ? » me dit la duchesse, faisant effort pour parler d'une chose qui ne l'intéressait pas. « Mais voyons, Basin, vous lirez cela plus tard. »

Mais non, le duc est très bien comme cela avec
sa grande barbe sur le journal, dit Gilberte.
Je vais lire cela tout de suite en rentrant. »
« Oui, il porte la barbe maintenant que tout le
monde est rasé, dit la duchesse, il ne fait jamais
rien comme personne. Quand nous nous sommes
mariés, il se rasait non seulement la barbe, mais
la moustache. Les paysans qui ne le connaissaient
pas ne croyaient pas qu'il était Français. Il
s'appelait à ce moment le prince des Laumes. »
« Est-ce qu'il y a encore un prince des Laumes ? »
demanda Gilberte qui était intéressée par tout
ce qui touchait des gens qui n'avaient pas voulu
lui dire bonjour pendant si lontemps. « Mais
non », répondit avec un regard mélancolique et
caressant la duchesse. » « Un si joli titre ! Un
des plus beaux titres français ! » dit Gilberte,
un certain ordre de banalités venant inévitable-
ment, comme l'heure sonne, dans la bouche de
certaines personnes intelligentes. « Hé bien oui,
je regrette aussi. Basin voudrait que le fils de
sa sœur le relevât, mais ce n'est pas la même
chose, au fond ça pourrait être parce que ce
n'est pas forcément le fils aîné, cela peut passer
de l'aîné au cadet. Je vous disais que Basin était
alors tout rasé ; un jour à un pèlerinage, vous
rappelez-vous mon petit, dit-elle à son mari, à ce
pèlerinage à Paray-le-Monial, mon beau-frère Charlus qui aime assez causer avec les paysans, disait
à l'un, à l'autre : « D'où es-tu, toi ? » et comme
il est très généreux, il leur donnait quelque chose,

les emmenait boire. Car personne n'est à la fois plus simple et plus haut que Mémé. Vous le verrez ne pas vouloir saluer une duchesse qu'il ne trouve pas assez duchesse et combler un valet de chiens. Alors, je dis à Basin : « Voyons, Basin, parlez-leur un peu aussi. » Mon mari qui n'est pas toujours très inventif — « Merci, Oriane », dit le duc sans s'interrompre de la lecture de mon article où il était plongé — avisa un paysan et lui répéta textuellement la question de son frère : « Et toi, d'où es-tu ? » « Je suis des Laumes. » « Tu es des Laumes. Hé bien je suis ton prince. » Alors le paysan regarda la figure toute glabre de Basin et lui répondit : « Pas vrai. Vous, vous êtes un *english*[1]. » On voyait ainsi dans ces petits récits de la duchesse ces grands titres éminents, comme celui de prince des Laumes, surgir à leur place vraie, dans leur état ancien et leur couleur locale, comme dans certains livres d'heures, on reconnaît, au milieu de la foule de l'époque, la flèche de Bourges.

On apporta des cartes qu'un valet de pied venait de déposer. « Je ne sais pas ce qui lui prend, je ne la connais pas. C'est à vous que je dois ça, Basin. Ça ne vous a pourtant pas si bien réussi ce genre de relations, mon pauvre ami », et se tournant vers Gilberte : « Je ne saurais même pas vous expliquer qui c'est, vous ne la connaissez

1. Anecdote racontée avec une variante par Mme de Guermantes au sujet du prince de Léon. Cf. *La Prisonnière*, t. I, p. 47. (Note du Dr Robert Proust.

50

certainement pas, elle s'appelle Lady Rufus
Israël. »

Gilberte rougit vivement : « Je ne la connais
pas, dit-elle (ce qui était d'autant plus faux que
Lady Israël s'était deux ans avant la mort de
Swann réconciliée avec lui et qu'elle appelait
Gilberte par son prénom), mais je sais très bien,
par d'autres, qui est la personne que vous voulez
dire. » C'est que Gilberte était devenue très snob.
C'est ainsi qu'une jeune fille ayant un jour, soit
méchamment, soit maladroitement, demandé quel
était le nom de son père non pas adoptif, mais
véritable, dans son trouble et pour dénaturer
un peu ce qu'elle avait à dire, elle avait prononcé
au lieu de Souann, Svann, changement qu'elle
s'aperçut un peu après être péjoratif, puisque
cela faisait de ce nom d'origine anglaise, un nom
allemand. Et même elle avait ajouté, s'avilissant
pour se rehausser : « on a raconté beaucoup de
choses très différentes sur ma naissance, moi, je
dois tout ignorer. »

Si honteuse que Gilberte dût être à certains
instants en pensant à ses parents (car même
Mme Swann représentait pour elle et était une
bonne mère) d'une pareille façon d'envisager la
vie, il faut malheureusement penser que les éléments en étaient sans doute empruntés à ses
parents, car nous ne nous faisons pas de toutes
pièces nous-même. Mais à une certaine somme
d'égoïsme qui existe chez la mère, un égoïsme
différent, inhérent à la famille du père, vient

s'ajouter, ce qui ne veut pas toujours dire s'addi-
tionner, ni même justement servir de multiple,
mais créer un égoïsme nouveau infiniment plus
puissant et redoutable. Et depuis le temps que
le monde dure, que des familles où existe tel
défaut sous une forme s'allient à des familles
où le même défaut existe sous une autre, ce qui
crée une variété particulièrement complexe et
détestable chez l'enfant, les égoïsmes accumulés
(pour ne parler ici que de l'égoïsme) prendraient
une puissance telle que l'humanité entière serait
détruite, si du mal même ne naissaient, capables
de le ramener à de justes proportions, des restrictions naturelles analogues à celles qui empêchent
la prolifération infinie des infusoires d'anéantir
notre planète, la fécondation unisexuée des plantes
d'amener l'extinction du règne végétal, etc. De
temps à autre une vertu vient composer avec cet
égoïsme une puissance nouvelle et désintéressée.

Les combinaisons par lesquelles, au cours des
générations, la chimie morale fixe ainsi et rend
inoffensifs les éléments qui devenaient trop redou-
tables, sont infinies et donneraient une passion-
nante variété à l'histoire des familles. D'ailleurs
avec ces égoïsmes accumulés comme il devait
y en avoir en Gilberte coexiste telle vertu charmante des parents ; elle vient un moment faire
toute seule un intermède, jouer son rôle tou-
chant avec une sincérité complète.

Sans doute Gilberte n'allait pas toujours aussi
loin que quand elle insinuait qu'elle était peut-être

la fille naturelle de quelque grand personnage,
mais elle dissimulait le plus souvent ses origines
Peut-être lui était-il simplement trop désagréable
de les confesser, et préférait-elle qu'on les apprît
par d'autres. Peut-être croyait-elle vraiment les
cacher, de cette croyance incertaine, qui n'est
pourtant pas le doute, qui réserve une possibilité
à ce qu'on souhaite et dont Musset donne un
exemple quand il parle de l'Espoir en Dieu. « Je
ne la connais pas personnellement », reprit Gilberte. Avait-elle pourtant en se faisant appeler
Mlle de Forcheville l'espoir qu'on ignorât qu'elle
était la fille de Swann. Peut-être pour certaines
personnes qu'elle espérait devenir, avec le temps,
presque tout le monde. Elle ne devait pas se
faire de grandes illusions sur leur nombre actuel,
et elle savait sans doute que bien des gens devaient
chuchoter : « C'est la fille de Swann ? » Mais elle
ne le savait que de cette même science qui nous
parle de gens se tuant par misère pendant que
nous allons au bal, c'est-à-dire une science lointaine et vague à laquelle nous ne tenons pas à
substituer une connaissance plus précise, due à
une impression directe. Gilberte appartenait ou du
moins appartint pendant ces années-là, à la variété
la plus répandue des autruches humaines, celles
qui cachent leur tête dans l'espoir non de ne pas
être vues, ce qu'elles croient peu vraisemblable,
mais de ne pas voir qu'on les voit, ce qui leur
paraît déjà beaucoup et leur permet de s'en
remettre à la chance pour le reste. Comme l'éloi-

gnement rend les choses plus petites, plus incertaines, moins dangereuses, Gilberte préférait ne pas être près des personnes au moment où celles-ci faisaient la découverte qu'elle était née Swann.

Et comme on est près des personnes qu'on se représente, comme on peut se représenter les gens lisant leur journal, Gilberte préférait que les journaux l'appelassent Mlle de Forcheville. Il est vrai que pour les écrits dont elle avait elle-même la responsabilité, ses lettres, elle ménagea quelque temps la transition en signant G. S. Forcheville. La véritable hypocrisie dans cette signature était manifestée par la suppression bien moins des autres lettres du nom de Swann que de celles du nom de Gilberte. En effet, en réduisant le prénom innocent à un simple G, Mlle de Forcheville semblait insinuer à ses amis que la même amputation appliquée au nom de Swann n'était due aussi qu'à des motifs d'abréviation. Même elle donnait une importance particulière à l'S, et en faisait une sorte de longue queue qui venait barrer le G, mais qu'on sentait transitoire et destinée à disparaître comme celle qui, encore longue chez le singe, n'existe plus chez l'homme.

Malgré cela, dans son snobisme, il y avait de l'intelligente curiosité de Swann. Je me souviens que cet après-midi-là elle demanda à Mme de Guermantes si elle ne pouvait pas connaître M. du Lau et la duchesse ayant répondu qu'il était souffrant et ne sortait pas, Gilberte demanda comment il était, car, ajouta-t-elle en rougissant

légèrement, elle en avait beaucoup entendu parler.
(Le marquis du Lau avait été en effet un des
amis les plus intimes de Swann avant le mariage
de celui-ci, et peut-être même Gilberte l'avait-elle
entrevu, mais à un moment où elle ne s'intéressait
pas à cette société.) « Est-ce que M. de Bréauté
ou le prince d'Agrigente peuvent m'en donner
une idée ? demanda-t-elle. » « Oh ! pas du tout, »
s'écria Mme de Guermantes, qui avait un sentiment vif de ces différences provinciales et faisait
des portraits sobres, mais colorés par sa voix
dorée et rauque, sous le doux fleurissement de
ses yeux de violette. « Non, pas du tout. Du Lau
c'était le gentilhomme du Périgord [1], charmant,
avec toutes les belles manières et le sans-gêne
de sa province. A Guermantes, quand il y avait
le Roi d'Angleterre avec qui du Lau était très
ami, il y avait après la chasse un goûter... C'était
l'heure où du Lau avait l'habitude d'aller ôter
ses bottines et mettre de gros chaussons de laine.
Hé bien, la présence du Roi Édouard et de tous
les grands-ducs ne le gênait en rien, il descendait
dans le grand salon de Guermantes avec ses chaussons de laine, il trouvait qu'il était le marquis
du Lau d'Ollemans qui n'avait en rien à se con-
traindre pour le Roi d'Angleterre. Lui et ce
charmant Quasimodo de Breteuil, c'étaient les deux
que j'aimais le plus. C'étaient du reste de grands
amis à... (elle allait dire à votre père et s'arrêta

1. Cf. *la Prisonnnière*, t. I, p. 48. (Note du Dr Proust.)

net). Non, ça n'a aucun rapport, ni avec Gri-gri
ni avec Bréauté. C'est le vrai grand seigneur du
Périgord. Du reste Mémé cite une page de Saint-
Simon sur un marquis d'Ollemans, c'est tout à
fait ça. » Je citai les premiers mots du portrait :
« M. d'Ollemans qui était un homme fort distingué
parmi la noblesse du Périgord, par la sienne et
par son mérite et y était considéré par tout ce
qui y vivait comme un arbitre général à qui chacun
avait recours pour sa probité, sa capacité et la
douceur de ses manières, et comme un coq de
province. » « Oui, il y a de cela, dit Mme de
Guermantes, d'autant que du Lau a toujours
été rouge comme un coq. » « Oui, je me rappelle avoir entendu citer ce portrait », dit Gilberte, sans ajouter que c'était par son père,
lequel était en effet grand admirateur de Saint-
Simon.

Elle aimait aussi parler du prince d'Agrigente
et de M. de Bréauté, pour une autre raison. Le
prince d'Agrigente l'était par héritage de la maison
d'Aragon, mais sa seigneurie était poitevine. Quant
à son château, celui du moins où il résidait, ce
n'était pas un château de sa famille, mais de la
famille d'un premier mari de sa mère et il était
situé à peu près à égale distance de Martinville
et de Guermantes. Aussi Gilberte parlait-elle de
lui et de M. de Bréauté comme de voisins de campagne qui lui rappelaient sa vieille province.
Matériellement, il y avait une part de mensonge
dans ces paroles, puisque ce n'est qu'à Paris par

la comtesse Molé qu'elle avait connu M. de Bréauté d'ailleurs vieil ami de son père. Quant au plaisir de parler des environs de Tansonville il pouvait être sincère. Le snobisme est pour certaines personnes analogue à ces breuvages agréables auxquels elles mêlent des substances utiles. Gilberte s'intéressait à telle femme élégante parce qu'elle avait de superbes livres et des Nattier que mon ancienne amie n'eût sans doute pas été voir à la Bibliothèque Nationale et au Louvre, et je me figure que malgré la proximité plus grande encore, l'influence attrayante de Tansonville se fût moins exercée pour Gilberte sur Mme Sazerat ou Mme Goupil que sur M. d'Agrigente.

« Oh ! pauvre Babel et pauvre Gri-Gri, dit Mme de Guermantes, ils sont bien plus malades que du Lau, je crains qu'ils n'en aient pas pour longtemps, ni l'un ni l'autre. »

Quand M. de Guermantes eut terminé la lecture de mon article, il m'adressa des compliments d'ailleurs mitigés. Il regrettait la forme un peu poncive de ce style où il y avait « de l'emphase, des métaphores comme dans la prose démodée de Chateaubriand » ; par contre il me félicita sans réserve de « m'occuper » : « J'aime qu'on fasse quelque chose de ses dix doigts. Je n'aime pas les inutiles qui sont toujours des importants ou des agités. Sotte engeance ! »

Gilberte, qui prenait avec une rapidité extrême les manières du monde, déclara combien elle allait être fière de dire qu'elle était l'amie d'un auteur. « Vous pensez si je vais dire que j'ai le plaisir, l'honneur de vous connaître. »

« Vous ne voulez pas venir avec nous, demain, à l'Opéra-Comique ? » me dit la duchesse, et je pensai que c'était sans doute dans cette même baignoire où je l'avais vue la première fois et qui m'avait semblé alors inaccessible comme le royaume sous-marin des néréides. Mais je répondis d'une voix triste : « Non, je ne vais pas au théâtre, j'ai perdu une amie que j'aimais beaucoup. » J'avais presque les larmes aux yeux en le disant, mais pourtant, pour la première fois, cela me faisait un certain plaisir d'en parler. C'est à partir de ce moment-là que je commençai à écrire à tout le monde que je venais d'avoir un grand chagrin, et à cesser de le ressentir.

Quand Gilberte fut partie, Mme de Guermantes me dit : « Vous n'avez pas compris mes signes, c'était pour que vous ne parliez pas de Swann ». Et comme je m'excusais : « Mais je vous comprends très bien. Moi-même, j'ai failli le nommer, je n'ai eu que le temps de me rattraper, c'est épouvantable, heureusement que je me suis arrêtée à temps. Vous savez que c'est très gênant », dit-elle à son mari pour diminuer un peu ma faute en ayant l'air de croire que j'avais obéi à une propension commune à tous et à laquelle il était difficile de résister. » « Que voulez-vous que j'y fasse, répondit le duc. Vous n'avez qu'à dire qu'on remette ces dessins en haut, puisqu'ils vous font

penser à Swann. Si vous ne pensez pas à Swann,
vous ne parlerez pas de lui. »

Le lendemain je reçus deux lettres de félici-
tation qui m'étonnèrent beaucoup, l'une de
Mme Goupil que je n'avais pas revue depuis tant
d'années et à qui, même à Combray, je n'avais
pas trois fois adressé la parole. Un cabinet de
lecture lui avait communiqué le *Figaro*. Ainsi,
quand quelque chose vous arrive dans la vie qui
retentit un peu, des nouvelles nous viennent de
personnes situées si loin de nos relations et dont
le souvenir est déjà si ancien que ces personnes
semblent situées à une grande distance, surtout
dans le sens de la profondeur. Une amitié de
collège oubliée, et qui avait vingt occasions de se
rappeler à vous, vous donne signe de vie, non
sans compensation d'ailleurs. C'est ainsi que
Bloch dont j'eusse tant aimé savoir ce qu'il pensait de mon article ne m'écrivit pas. Il est vrai
qu'il avait lu cet article et devait me l'avouer
plus tard, mais par un choc en retour. En effet,
il écrivit lui-même quelques années après un
article dans le *Figaro* et désira me signaler immédiatement cet événement. Comme il cessait d'être
jaloux de ce qu'il considérait comme un privilège, puisqu'il lui était aussi échu, l'envie qui
lui avait fait feindre d'ignorer mon article cessait, comme un compresseur se soulève ; il m'en
parla, mais tout autrement qu'il ne désirait m'entendre parler du sien : « J'ai su que toi aussi, me
dit-il, avais fait un article. Mais je n'avais pas

cru devoir t'en parler, craignant de t'être désagréable, car on ne doit pas parler à ses amis des choses humiliantes qui leur arrivent. Et c'en est une évidemment que d'écrire dans le journal du sabre et du goupillon, des *five o'clock*, sans oublier le bénitier. » Son caractère restait le même, mais son style était devenu moins précieux, comme il arrive à certains qui quittent le maniérisme, quand ne faisant plus de poèmes symbolistes, ils écrivent des romans-feuilletons.

Pour me consoler de son silence, je relus la lettre de Mme Goupil ; mais elle était sans chaleur, car si l'aristocratie a certaines formules qui font palissades entre elles, entre le Monsieur du début et les sentiments distingués de la fin, des cris de joie, d'admiration, peuvent jaillir comme des fleurs, et des gerbes pencher par-dessus la palissade leur parfum odorant. Mais le conventionalisme bourgeois enserre l'intérieur même des lettres dans un réseau de « votre succès si légitime », au maximum « votre beau succès ». Des belles-sœurs fidèles à l'éducation reçue et réservées dans leur corsage comme il faut, croient s'être épanchées dans le malheur et l'enthousiasme si elles ont écrit « mes meilleures pensées ». « Mère se joint à moi » est un superlatif dont on est rarement gâte.

Je reçus une autre lettre que celle de Mme Goupil, mais le nom du signataire m'était inconnu. C'était une écriture populaire, un langage charmant. Je fus navré de ne pouvoir découvrir qui m'avait écrit.

Comme je me demandais si Bergotte eût aimé cet article, Mme de Forcheville m'avait répondu qu'il l'aurait infiniment admiré et n'aurait pu le lire sans envie. Mais elle me l'avait dit pendant que je dormais : c'était un rêve.

Presque tous nos rêves répondent ainsi aux questions que nous nous posons par des affirmations complexes, des mises en scène à plusieurs personnages, mais qui n'ont pas de lendemain.

Quant à Mlle de Forcheville, je ne pouvais m'empêcher de penser à elle avec désolation. Quoi ? fille de Swann qui eût tant aimé la voir chez les Guermantes, que ceux-ci avaient refusé à leur grand ami de recevoir, ils l'avaient ensuite spontanément recherchée, le temps ayant passé qui renouvelle tout pour nous, insuffle une autre personnalité, d'après ce qu'on dit d'eux, aux êtres que nous n'avons pas vus depuis longtemps, depuis que nous avons fait nous-même peau neuve et pris d'autres goûts. Je pensais qu'à cette fille, Swann disait parfois en la serrant contre lui et en l'embrassant : « C'est bon, ma chérie, d'avoir une fille comme toi, un jour quand je ne serai plus là, si on parle encore de ton pauvre papa, ce sera seulement avec toi et à cause de toi. » Swann en mettant ainsi pour après sa mort un craintif et anxieux espoir de survivance dans sa fille se trompait autant que le vieux banquier qui ayant fait un testament pour une petite danseuse qu'il entretient et qui a très bonne tenue, se dit qu'il n'est pour elle qu'un grand ami, mais qu'elle

restera fidèle à son souvenir. Elle avait très bonne
tenue tout en faisant du pied sous la table aux
amis du vieux banquier qui lui plaisaient, mais
tout cela très caché, avec d'excellents dehors.
Elle portera le deuil de l'excellent homme, s'en
sentira débarrassée, profitera non seulement de
l'argent liquide, mais des propriétés, des auto-
mobiles qu'il lui a laissées, fera partout effacer le
chiffre de l'ancien propriétaire qui lui cause un
peu de honte et à la jouissance du don n'associera
jamais le regret du donateur. Les illusions de
l'amour paternel ne sont peut-être pas moindres
que celles de l'autre ; bien des filles ne considèrent leur père que comme le vieillard qui leur
laissera sa fortune. La présence de Gilberte dans
un salon au lieu d'être une occasion qu'on parlât
encore quelquefois de son père était un obstacle
à ce qu'on saisît celles, de plus en plus rares, qu'on
aurait pu avoir encore de le faire. Même à propos
des mots qu'il avait dits, des objets qu'il avait
donnés, on prit l'habitude de ne plus le nommer
et celle qui aurait dû rajeunir, sinon perpétuer
sa mémoire, se trouva hâter et consommer l'œuvre
de la mort et de l'oubli.

Et ce n'est pas seulement à l'égard de Swann
que Gilberte consommait peu à peu l'œuvre de
l'oubli, elle avait hâté en moi cette œuvre de l'oubli
à l'égard d'Albertine.

Sous l'action du désir, par conséquent du désir
de bonheur que Gilberte avait excité en moi
pendant les quelques heures où je l'avais crue

une autre, un certain nombre de souffrances, de préoccupations douloureuses, lesquelles il y a peu de temps encore obsédaient ma pensée, s'étaient échappées de moi, entraînant avec elles tout un bloc de souvenirs, probablement effrités depuis longtemps et précaires, relatifs à Albertine. Car si bien des souvenirs, qui étaient reliés à elle, avaient d'abord contribué à maintenir en moi le regret de sa mort, en retour le regret lui-même avait fixé les souvenirs. De sorte que la modification de mon état sentimental, préparée sans doute obscurément jour par jour par les désagrégations continues de l'oubli, mais réalisée brusquement dans son ensemble me donna cette impression que je me rappelle avoir éprouvé ce jour-là pour la première fois, du vide, de la suppression en moi de toute une portion de mes associations d'idées, qu'éprouve un homme dont une artère cérébrale depuis longtemps usée s'est rompue et chez lequel toute une partie de la mémoire est abolie ou paralysée.

La disparition de ma souffrance et de tout ce qu'elle emmenait avec elle, me laissait diminué comme souvent la guérison d'une maladie qui tenait dans notre vie une grande place. Sans doute c'est parce que les souvenirs ne restent pas toujours vrais que l'amour n'est pas éternel, et parce que la vie est faite du perpétuel renouvellement des cellules. Mais ce renouvellement pour les souvenirs est tout de même retardé par l'attention qui arrête, et fixe un moment qui doit

changer. Et puisqu'il en est du chagrin comme
du désir des femmes qu'on grandit en y pensant,
avoir beaucoup à faire rendrait plus facile, aussi
bien que la chasteté, l'oubli.

Par une autre réaction (bien que ce fût la dis-
traction — le désir de Mlle d'Éporcheville — qui
m'eût rendu tout d'un coup l'oubli apparent et
sensible) s'il reste que c'est le temps qui amène
progressivement l'oubli, l'oubli n'est pas sans
altérer profondément la notion du temps. Il y
a des erreurs optiques dans le temps comme il
y en a dans l'espace. La persistance en moi d'une
velléité ancienne de travailler, de réparer le temps
perdu, de changer de vie, ou plutôt de commencer
de vivre me donnait l'illusion que j'étais toujours
aussi jeune ; pourtant le souvenir de tous les événements qui s'étaient succédé dans ma vie (et
aussi de ceux qui s'étaient succédé dans mon cœur,
car, lorsqu'on a beaucoup changé, on est induit
à supposer qu'on a plus longtemps vécu) au
cours de ces derniers mois de l'existence d'Albertine, me les avait fait paraître beaucoup plus
longs qu'une année, et maintenant cet oubli de
tant de choses, me séparant, par des espaces vides,
d'événements tout récents qu'ils me faisaient
paraître anciens, puisque j'avais eu ce qu'on appelle
« le temps » de les oublier, par son interpolation
fragmentée, irrégulière, au milieu de ma mémoire
— comme une brume épaisse sur l'océan qui
supprime les points de repère des choses — détra-
quait, disloquait mon sentiment des distances

dans le temps, là rétrécies, ici distendues, et me faisait me croire tantôt beaucoup plus loin, tantôt beaucoup plus près des choses que je ne l'étais en réalité. Et comme dans les nouveaux espaces, encore non parcourus, qui s'étendaient devant moi, il n'y aurait pas plus de traces de mon amour pour Albertine qu'il n'y en avait eu, dans les temps perdus que je venais de traverser, de mon amour pour ma grand'mère, ma vie m'apparut — offrant une succession de périodes dans lesquelles, après un certain intervalle rien de ce qui soutenait la précédente ne subsistait plus dans celle qui la suivait, — comme quelque chose de si dépourvu du support d'un moi individuel identique et permanent, quelque chose de si inutile dans l'avenir et de si long dans le passé, que la mort pourrait aussi bien en terminer le cours ici ou là, sans nullement le conclure, que ces cours d'histoire de France qu'en rhétorique on arrête indifféremment, selon la fantaisie des programmes ou des professeurs, à la Révolution de 1830, à celle de 1848, ou à la fin du second Empire.

Peut-être alors la fatigue et la tristesse que je ressentais vinrent-elles moins d'avoir aimé inutilement ce que déjà j'oubliais, que de commencer à me plaire avec de nouveaux vivants, de purs gens du monde, de simples amis des Guermantes, si peu intéressants par eux-mêmes. Je me consolais peut-être plus aisément de constater que celle que j'avais aimée n'était plus au bout d'un cer-

tain temps qu'un pâle souvenir, que de retrouver
en moi cette vaine activité qui nous fait perdre
le temps à tapisser notre vie d'une végétation
humaine vivace mais parasite, qui deviendra le
néant aussi quand elle sera morte, qui déjà est
étrangère à tout ce que nous avons connu et à
laquelle pourtant cherche à plaire notre sénilité
bavarde, mélancolique et coquette. L'être nouveau qui supporterait aisément de vivre sans
Albertine avait fait son apparition en moi,
puisque j'avais pu parler d'elle chez Mme de
Guermantes en paroles affligées, sans souffrance
profonde. Ces nouveaux moi qui devraient porter
un autre nom que le précédent, leur venue possible,
à cause de leur indifférence à ce que j'aimais,
m'avait toujours épouvanté, jadis à propos de
Gilberte quand son père me disait que si j'allais
vivre en Océanie, je ne voudrais plus revenir, tout
récemment quand j'avais lu avec un tel serrement
de cœur le passage du roman de Bergotte ou il
est question de ce personnage qui, séparé par
la vie d'une femme qu'il avait adorée jeune
homme, vieillard la rencontre sans plaisir, sans
envie de la revoir. Or, au contraire, il m'ap-
portait avec l'oubli une suppression presque
complète de la souffrance, une possibilité de bien-
être, cet être si redouté, si bienfaisant et qui
n'était autre qu'un de ces moi de rechange que
la destinée tient en réserve pour nous et que,
sans plus écouter nos prières qu'un médecin clair-
voyant et d'autant plus autoritaire, elle substitue

malgré nous, par une intervention opportune, au moi vraiment trop blessé. Ce rechange au reste, elle l'accomplit de temps en temps, comme l'usure et la réfection des tissus, mais nous n'y prenons garde que si l'ancien moi contenait une grande douleur, un corps étranger et blessant, que nous nous étonnons de ne plus retrouver, dans notre émerveillement d'être devenu un autre pour qui la souffrance de son prédécesseur n'est plus que la souffrance d'autrui, celle dont on peut parler avec apitoiement parce qu'on ne la ressent pas. Même cela nous est égal d'avoir passé par tant de souffrances, car nous ne nous rappelons que confusément les avoir souffertes. Il est possible que de même nos cauchemars, la nuit, soient effroyables. Mais au réveil nous sommes une autre personne qui ne se soucie guère que celle à qui elle succède ait eu à fuir en dormant devant des assassins.

Sans doute ce moi avait gardé quelque contact avec l'ancien comme un ami, indifférent à un deuil, en parle pourtant aux personnes présentes avec la tristesse convenable, et retourne de temps en temps dans la chambre où le veuf qui l'a chargé de recevoir pour lui continue à faire entendre ses sanglots. J'en poussais encore quand je redevenais pour un moment l'ancien ami d'Albertine. Mais c'est dans un personnage nouveau que je tendais à passer tout entier. Ce n'est pas parce que les autres sont morts que notre affection pour eux s'affaiblit, c'est parce que nous mourons nous-mêmes. Albertine n'avait rien à reprocher à son ami. Celui qui en usurpait le nom n'en était que l'héritier. On ne peut être fidèle qu'à ce dont on se souvient, on ne se souvient que de ce qu'on a connu. Mon moi nouveau, tandis qu'il grandissait à l'ombre de l'ancien, l'avait souvent entendu parler d'Albertine ; à travers lui, à travers les récits qu'il en recueillait, il croyait la connaître, elle lui était sympathique, il l'aimait, mais ce n'était qu'une tendresse de seconde main.

Une autre personne chez qui l'œuvre de l'oubli, en ce qui concernait Albertine, se fit probablement plus rapide à cette époque, et me permit par contre-coup de me rendre compte un peu plus tard d'un nouveau progrès que cette œuvre avait fait chez moi (et c'est là mon souvenir d'une seconde étape avant l'oubli définitif), ce fut Andrée. Je ne puis guère en effet ne pas donner l'oubli d'Albertine comme cause sinon unique, sinon même principale, au moins comme cause conditionnante et nécessaire, d'une conversation qu'Andrée eut avec moi à peu près six mois après celle que j'ai rapportée et où ses paroles furent si différentes de ce qu'elle m'avait dit la première fois. Je me rappelle que c'était dans ma chambre parce qu'à ce moment-là j'avais plaisir à avoir des demi-relations charnelles avec elle, à cause du côté collectif qu'avait eu au début et que reprenait maintenant mon amour pour les jeunes filles de la petite bande, longtemps indivis entre elles, et un moment uniquement associé à la personne d'Albertine pendant les derniers mois qui avaient précédé et suivi sa mort.

Nous étions dans ma chambre pour une autre raison encore qui me permet de situer très exactement cette conversation. C'est que j'étais expulsé du reste de l'appartement parce que c'était le jour de maman. Malgré que ce fût son jour, et après avoir hésité, maman était allée déjeuner chez Mme Sazerat pensant que comme Mme Sazerat savait toujours vous inviter avec des gens ennuyeux, elle pourrait sans manquer aucun plaisir rentrer tôt. Elle était en effet revenue à temps et sans regrets, Mme Sazerat n'ayant eu chez elle que des gens assommants que glaçait déjà la voix particulière qu'elle prenait quand elle avait du monde, ce que maman appelait sa voix du mercredi. Ma mère du reste l'aimait bien, la plaignait de son infortune — suite des fredaines de son père ruiné par la duchesse de X... — infortune qui la forçait à vivre presque toute l'année à Combray, avec quelques semaines chez sa cousine à Paris et un grand « voyage d'agrément » tous les dix ans.

Je me rappelle que la veille, sur ma prière répétée depuis des mois, et parce que la princesse la réclamait toujours, maman était allée voir la princesse de Parme qui, elle, ne faisait pas de visites et chez qui on se contentait d'habitude de s'inscrire, mais qui avait insisté pour que ma mère vînt la voir, puisque le protocole empêchait qu'Elle vînt chez nous. Ma mère était revenue très mécontente : « Tu m'as fait faire un pas de clerc, me dit-elle, la princesse de Parme m'a à peine dit bonjour, elle s'est retournée vers les dames avec qui elle causait sans s'occuper de moi, et au bout de dix minutes comme elle ne m'avait pas adressé la parole, je suis partie sans qu'elle me tendît même la main. J'étais très ennuyée ; en revanche devant la porte, en m'en allant, j'ai rencontré la duchesse de Guermantes qui a été très aimable et qui m'a beaucoup parlé de toi. Quelle singulière idée tu as eue de lui parler d'Albertine. Elle m'a raconté que tu lui avais dit que sa mort avait été un tel chagrin pour toi. Je ne retournerai jamais chez la Princesse de Parme. Tu m'as fait faire une bêtise. »

Or le lendemain, jour de ma mère, comme je l'ai dit, Andrée vint me voir. Elle n'avait pas grand temps, car elle devait aller chercher Gisèle avec qui elle tenait beaucoup à dîner. « Je connais ses défauts, mais c'est tout de même ma meilleure amie et l'être pour qui j'ai le plus d'affection » me dit-elle. Et elle parut même avoir quelque effroi à l'idée que je pourrais lui demander de dîner avec elles. Elle était avide des êtres, et un tiers qui la connaissait trop bien, comme moi, en l'empêchant de se livrer, l'empêchait du coup de goûter auprès d'eux un plaisir complet.

Le souvenir d'Albertine était devenu chez moi si fragmentaire qu'il ne me causait plus de tristesse et n'était plus qu'une transition à de nou-

veaux désirs, comme un accord qui prépare des
changements d'harmonie. Et même cette idée
de caprice sensuel et passager étant écartée en
tant que j'étais encore fidèle au souvenir d'Albertine, j'étais plus heureux d'avoir auprès de moi
Andrée que je ne l'aurais été d'avoir Albertine
miraculeusement retrouvée. Car Andrée pouvait
me dire plus de choses sur Albertine que ne m'en
avait dit Albertine elle-même. Or les problèmes
relatifs à Albertine restèrent encore dans mon
esprit alors que ma tendresse pour elle, tant physique que morale, avait déjà disparu. Et mon
désir de connaître sa vie, parce qu'il avait moins
diminué, était maintenant comparativement plus
grand que le besoin de sa présence. D'autre part
l'idée qu'une femme avait peut-être eu des relations avec Albertine ne me causait plus que le
désir d'en avoir moi aussi avec cette femme. Je
le dis à Andrée tout en la caressant. Alors
sans chercher le moins du monde à mettre ses
paroles d'accord avec celles d'il y avait quelques
mois, Andrée me dit en souriant à demi : « Ah !
oui, mais vous êtes un homme. Aussi nous ne
pouvons par faire ensemble tout à fait les mêmes
choses que je faisais avec Albertine. » Et soit
qu'elle pensât que cela accroissait mon désir
(dans l'espoir de confidences, je lui avais dit
que j'aimerais avoir des relations avec une femme
en ayant eues avec Albertine) ou mon chagrin,
ou peut-être détruisait un sentiment de supério-
rité sur elle qu'elle pouvait croire que j'éprou-

vais d'avoir été le seul à entretenir des relations avec Albertine : « Ah ! nous avons passé toutes les deux de bonnes heures, elle était si caressante, si passionnée. Du reste ce n'était pas seulement avec moi qu'elle aimait prendre du plaisir. Elle avait rencontré chez Mme Verdurin un joli garçon, Morel. Tout de suite ils s'étaient compris. Il se chargeait, ayant d'elle la permission d'y prendre aussi son plaisir, car il aimait les petites novices, de lui en procurer. Sitôt qu'il les avait mises sur le mauvais chemin, il les laissait. Il se chargeait ainsi de plaire à de petites pêcheuses d'une plage éloignée, à de petites blanchisseuses, qui s'amourachaient d'un garçon, mais n'eussent pas répondu aux avances d'une jeune fille. Aussitôt que la petite était bien sous sa domination, il la faisait venir dans un endroit tout à fait sûr, où il la livrait à Albertine. Par peur de perdre Morel qui s'y mêlait du reste, la petite obéissait toujours, et d'ailleurs elle le perdait tout de même, car, par peur des conséquences et aussi parce qu'une ou deux fois lui suffisaient, il filait en laissant une fausse adresse. Il eut une fois l'audace d'en mener une, ainsi qu'Albertine, dans une maison de femmes à Corliville, où quatre ou cinq la prirent ensemble ou successivement. C'était sa passion, comme c'était aussi celle d'Albertine. Mais Albertine avait après d'affreux remords. Je crois que chez vous elle avait dompté sa passion et remettait de jour en jour de s'y livrer. Puis son amitié pour vous

était si grande, qu'elle avait des scrupules. Mais
il était bien certain que, si jamais elle vous quittait, elle recommencerait. Elle espérait que vous
la sauveriez, que vous l'épouseriez. Au fond elle
sentait que c'était une espèce de folie criminelle,
et je me suis souvent demandé si ce n'était pas
après une chose comme cela, ayant amené un
suicide dans une famille, qu'elle s'était elle-même
tuée. Je dois avouer que tout à fait au début de
son séjour chez vous, elle n'avait pas entièrement
renoncé à ses jeux avec moi. Il y avait des jours
où elle semblait en avoir besoin, tellement qu'une
fois, alors que c'eût été si facile dehors, elle ne se
résigna pas à me dire au revoir avant de m'avoir
mise auprès d'elle, chez vous. Nous n'eûmes pas
de chance, nous avons failli être prises. Elle avait
profité de ce que Françoise était descendue faire
une course, et que vous n'étiez pas rentré. Alors
elle avait tout éteint pour que quand vous ouvri-
riez avec votre clef vous perdiez un peu de temps
avant de trouver le bouton, et elle n'avait pas
fermé la porte de sa chambre. Nous vous avons
entendu monter, je n'eus que le temps de m'arranger, de descendre. Précipitation bien inutile, car
par un hasard incroyable vous aviez oublié votre
clef et avez été obligé de sonner. Mais nous avons
tout de même perdu la tête de sorte que pour
cacher notre gêne toutes les deux, sans avoir pu
nous consulter, nous avions eu la même idée :
faire semblant de craindre l'odeur du seringa
que nous adorions au contraire. Vous rapportiez

avec vous une longue branche de cet arbuste, ce qui me permit de détourner la tête et de cacher mon trouble. Cela ne m'empêcha pas de vous dire avec une maladresse absurde que peut-être Françoise était remontée et pourrait vous ouvrir, alors qu'une seconde avant, je venais de vous faire le mensonge que nous venions seulement de rentrer de promenade et qu'à notre arrivée Françoise n'était pas encore descendue et allait partir faire une course. Mais le malheur fut — croyant que vous aviez votre clef — d'éteindre la lumière, car nous eûmes peur qu'en remontant vous ne la vissiez se rallumer, ou du moins nous hésitâmes trop. Et pendant trois nuits Albertine ne put fermer l'œil parce qu'elle avait tout le temps peur que vous n'ayiez de la méfiance et ne demandiez à Françoise pourquoi elle n'avait pas allumé avant de partir. Car Albertine vous craignait beaucoup, et par moments assurait que vous étiez fourbe, méchant, la détestant au fond. Au bout de trois jours elle comprit à votre calme que vous n'aviez rien demandé à Françoise et elle put retrouver le sommeil. Mais elle ne reprit plus ses relations avec moi, soit par peur, soit par remords, car elle prétendait vous aimer beaucoup, ou bien aimait-elle quelqu'un d'autre. En tous cas on n'a plus pu jamais parler de seringa devant elle sans qu'elle devînt écarlate et passât la main sur sa figure en pensant cacher sa rougeur. »

Comme certains bonheurs, il y a certains malheurs qui viennent trop tard, ils ne prennent pas

en nous toute la grandeur qu'ils auraient eue
quelque temps plus tôt. Tel le malheur qu'était
pour moi la terrible révélation d'Andrée. Sans
doute, même quand de mauvaises nouvelles doi-
vent nous attrister, il arrive que dans le diver-
tissement, le jeu équilibré de la conversation,
elles passent devant nous sans s'arrêter, et que
nous, préoccupés de mille choses à répondre,
transformés par le désir de plaire aux personnes
présentes en quelqu'un d'autre protégé pour
quelques instants dans ce cycle nouveau contre
les affections, les souffrances qu'il a quittées
pour y entrer et qu'il retrouvera quand le
court enchantement sera brisé, nous n'ayons
pas le temps de les accueillir. Pourtant si ces
affections, ces souffrances sont trop prédomi-
nantes, nous n'entrons que distraits dans la
zone d'un monde nouveau et momentané, où,
trop fidèles à la souffrance, nous ne pouvons
devenir autres, et alors les paroles se mettent
immédiatement en rapport avec notre cœur qui
n'est pas resté hors de jeu. Mais depuis quelque
temps les paroles concernant Albertine, comme
un poison évaporé, n'avaient plus leur pouvoir
toxique. Elle m'était déjà trop lointaine.

Comme un promeneur voyant l'après-midi un
croissant nuageux dans le ciel, se dit : « C'est cela,
l'immense lune », je me disais : « Comment cette
vérité que j'ai tant cherchée, tant redoutée, c'est
seulement ces quelques mots dits dans une conversation auxquels on ne peut même pas penser

complètement parce qu'on n'est pas seul! » Puis elle me prenait vraiment au dépourvu, je m'étais beaucoup fatigué avec Andrée. Vraiment une pareille vérité, j'aurais voulu avoir plus de force à lui consacrer ; elle me restait extérieure, mais c'est que je ne lui avais pas encore trouvé une place dans mon cœur. On voudrait que la vérité nous fût révélée par des signes nouveaux, non par une phrase pareille à celles qu'on s'était dit tant de fois. L'habitude de penser empêche parfois d'éprouver le réel, immunise contre lui, le fait paraître de la pensée encore.

Il n'y a pas une idée qui ne porte en elle sa réfutation possible, un mot, le mot contraire. En tous cas, si tout cela était vrai, quelle inutile vérité sur la vie d'une maîtresse qui n'est plus, remontant des profondeurs et apparaissant, une fois que nous ne pouvions plus rien en faire. Alors pensant sans doute à quelque autre que nous aimons maintenant et à l'égard de qui la même chose pourrait arriver, (car de celle qu'on a oubliée on ne se soucie plus) on se désole. On se dit : « Si elle vivait ! » On se dit : « si celle qui vit, pouvait comprendre tout cela et que quand elle sera morte, je saurai tout ce qu'elle me cache. » Mais c'est un cercle vicieux. Si j'avais pu faire qu'Albertine vécût, du même coup j'eusse fait qu'Andrée ne m'eût rien révélé. C'est la même chose que l'éternel : « Vous verrez quand je ne vous aimerai plus » qui est si vrai et si absurde, puisque en effet on obtiendrait beaucoup si on

n'aimait plus, mais qu'on ne se soucierait pas
d'obtenir. C'est tout à fait la même chose. Car
la femme qu'on revoit quand on ne l'aime
plus, si elle nous dit tout, c'est qu'en effet, ce
n'est plus elle, ou que ce n'est plus vous : l'être
qui aimait n'existe plus. Là aussi il y a la mort
qui a passé, a rendu tout aisé et tout inutile.
Je faisais ces réflexions, me plaçant dans l'hypothèse où Andrée était véridique — ce qui était possible — et amenée à la sincérité envers moi, précisément parce qu'elle avait maintenant des relations avec moi, par ce côté Saint-André-des-
Champs qu'avait eu, au début, avec moi, Albertine. Elle y était aidée dans ce cas par le fait
qu'elle ne craignait plus Albertine, car la réalité
des êtres ne survit pour nous que peu de temps
après leur mort, et au bout de quelques années ils
sont comme ces dieux des religions abolies qu'on
offense sans crainte parce qu'on a cessé de croire
à leur existence. Mais qu'Andrée ne crût plus
à la réalité d'Albertine pouvait avoir pour effet
qu'elle ne redoutât plus (aussi bien que de trahir
une vérité qu'elle avait promis de ne pas révéler),
d'inventer un mensonge qui calomniait rétrospectivement sa prétendue complice. Cette absence
de crainte lui permettait-elle de révéler enfin,
en me disant cela, la vérité, ou bien d'inventer
un mensonge, si, pour quelque raison, elle me
croyait plein de bonheur et d'orgueil et voulait
me peiner. Peut-être avait-elle de l'irritation contre
moi (irritation suspendue tant qu'elle m'avait

vu malheureux, inconsolé) parce que j'avais eu
des relations avec Albertine et qu'elle m'enviait
peut-être — croyant que je me jugeais à cause de
cela plus favorisé qu'elle — un avantage qu'elle
n'avait peut-être pas obtenu, ni même souhaité.
C'est ainsi que je l'avais souvent vue dire qu'ils
avaient l'air très malades à des gens dont la bonne
mine, et surtout la conscience qu'ils avaient de
leur bonne mine l'exaspérait, et dire dans l'espoir
de les fâcher qu'elle-même allait très bien, ce
qu'elle ne cessa de proclamer quand elle était le
plus malade jusqu'au jour où, dans le détachement
de la mort, il ne lui soucia plus que les heureux
allassent bien et sussent qu'elle-même se mourait.
Mais ce jour-là était encore loin. Peut-être était-
elle contre moi, je ne savais pour quelle raison,
dans une de ces rages, comme jadis elle en avait
eu contre le jeune homme si savant dans les
choses de sport, si ignorant du reste, que nous
avions rencontré à Balbec et qui depuis vivait
avec Rachel et sur le compte de qui Andrée se
répandait en propos diffamatoires, souhaitant
être poursuivie en dénonciation calomnieuse pour
pouvoir articuler contre son père des faits désho-
norants dont il n'aurait pu prouver la fausseté.
Or peut-être cette rage contre moi la reprenait
seulement, ayant sans doute cessé quand elle me
voyait si triste. En effet, ceux-là mêmes qu'elle
avait, les yeux étincelants de rage, souhaité dés-
honorer, tuer, faire condamner, fût-ce sur faux
témoignages, si seulement elle les savait tristes,

humiliés, elle ne leur voulait plus aucun mal, elle était prête à les combler de bienfaits. Car elle n'était pas foncièrement mauvaise et si sa nature non apparente, un peu profonde, n'était pas la gentillesse qu'on croyait d'abord d'après ses délicates attentions, mais plutôt l'envie et l'orgueil, sa troisième nature plus profonde encore, la vraie, mais pas entièrement réalisée, tendait vers la bonté et l'amour du prochain. Seulement comme tous les êtres qui, dans un certain état, en désirent un meilleur, mais ne le connaissant que par le désir, ne comprennent pas que la première condition est de rompre avec le premier — comme les neurasthéniques ou les morphinomanes qui voudraient bien être guéris, mais pourtant qu'on ne les privât pas de leurs manies ou de leur morphine, comme les cœurs religieux ou les esprits artistes attachés au monde qui souhaitent la solitude mais veulent se la représenter pourtant comme n'impliquant pas un renoncement absolu à leur vie antérieure — Andrée était prête à aimer toutes les créatures, mais à condition d'avoir réussi d'abord à ne pas se les représenter comme triomphantes, et pour cela de les avoir humiliées préalablement. Elle ne comprenait pas qu'il fallait aimer même les orgueilleux et vaincre leur orgueil par l'amour et non par un plus puissant orgueil. Mais c'est qu'elle était comme les malades qui veulent la guérison par les moyens mêmes, qui entretiennent la maladie, qu'ils aiment et qu'ils cesseraient aussitôt d'aimer s'ils les renonçaient. Mais on veut apprendre à nager et pourtant garder un pied à terre. En ce qui concerne le jeune sportif, neveu des Verdurin, que j'avais rencontré dans mes deux séjours à Balbec, il faut dire, accessoirement et par anticipation, que quelque temps après la visite d'Andrée, visite dont le récit va être repris dans un instant, il arriva des faits qui causèrent une assez grande impression. D'abord ce jeune homme (peut-être par souvenir d'Albertine que je ne savais pas alors qu'il avait aimée) se fiança avec Andrée et l'épousa, malgré le désespoir de Rachel dont il ne tint aucun compte. Andrée ne dit plus alors (c'est-à-dire quelques mois après la visite dont je parle) qu'il était un misérable, et je m'aperçus plus tard qu'elle n'avait dit qu'il l'était que parce qu'elle était folle de lui et qu'elle croyait qu'il ne voulait pas d'elle. Mais un autre fait me frappa davantage. Ce jeune homme fit représenter des petits sketchs, dans des décors et avec des costumes de lui, qui ont amené dans l'art contemporain une révolution au moins égale à celle accomplie par les Ballets russes. Bref les juges les plus autorisés considérèrent ses œuvres comme quelque chose de capital, presque des œuvres de génie et je pense d'ailleurs comme eux, ratifiant ainsi, à mon propre étonnement, l'ancienne opinion de Rachel. Les personnes qui l'avaient connu à Balbec attentif seulement à savoir si la coupe des vêtements des gens qu'il avait à fréquenter était élégante ou non, qui l'avaient vu passer

tout son temps au baccara, aux courses, au golf
ou au polo, qui savaient que dans ses classes il
avait toujours été un cancre et s'était même fait
renvoyer du lycée (pour ennuyer ses parents,
il avait été habiter deux mois la grande maison
de femmes où M. de Charlus avait cru surprendre
Morel), pensèrent que peut-être ses œuvres étaient
d'Andrée qui, par amour, voulait lui en laisser
la gloire, ou que plus probablement il payait, avec
sa grande fortune personnelle que ses folies avaient
seulement ébréchée, quelque professionnel génial
et besogneux pour les faire. Ce genre de société
riche non décrassée par la fréquentation de
l'aristocratie et n'ayant aucune idée de ce qu'est
un artiste — lequel est seulement figuré pour eux
soit par un acteur qu'ils font venir débiter des
monologues pour les fiançailles de leur fille, en
lui remettant tout de suite son cachet discrète-
ment dans un salon voisin, soit par un peintre
chez qui ils la font poser une fois qu'elle est
mariée, avant les enfants et quand elle est encore
à son avantage — croient volontiers que tous les
gens du monde qui écrivent, composent ou pei-
gnent, font faire leurs œuvres et payent pour
avoir une réputation d'auteur comme d'autres
pour s'assurer un siège de député. Mais tout cela
était faux et ce jeune homme était bien l'auteur
de ces œuvres admirables. Quand je le sus, je
fus obligé d'hésiter entre diverses suppositions.
Ou bien il avait été en effet pendant de longues
années la « brute épaisse » qu'il paraissait, et

quelque cataclysme physiologique avait éveillé
en lui le génie assoupi comme la belle au bois
dormant, ou bien à cette époque de sa rhétorique
orageuse, de ses recalages au bachot, de ses grosses
pertes de jeu de Balbec, de sa crainte de monter
dans le « tram » avec des fidèles de sa tante Verdurin à cause de leur vilain habillement, il était
déjà un homme de génie, peut-être distrait de
son génie, l'ayant laissé la clef sous la porte dans
l'effervescence de passions juvéniles ; ou bien
même homme de génie déjà conscient, et dernier
en classe, parce que, pendant que le professeur
disait des banalités sur Cicéron, lui lisait Rimbaud
ou Gœthe. Certes, rien ne laissait soupçonner
cette hypothèse quand je le rencontrai à Balbec
où ses préoccupations me parurent s'attacher
uniquement à la correction des attelages et à la
préparation des cocktails. Mais ce n'est pas
encore une objection irréfutable. Il pouvait être
très vaniteux, ce qui peut s'allier au génie, et
chercher à briller de la manière qu'il savait propre
à éblouir dans le monde où il vivait et qui n'était
nullement de prouver une connaissance appro-
fondie des affinités électives, mais bien plutôt de
conduire à quatre. D'ailleurs je ne suis pas sûr
que plus tard, quand il fut devenu l'auteur de
ces belles œuvres si originales, il eût beaucoup
aimé, hors des théâtres où il était connu, à dire
bonjour à quelqu'un qui n'aurait pas été en
smoking, comme les fidèles dans leur première
manière, ce qui prouverait chez lui non de la

bêtise, mais de la vanité, et même un certain
sens pratique, une certaine clairvoyance à adapter
sa vanité à la mentalité des imbéciles, à l'estime
de qui il tenait et pour lesquels le smoking brille
peut-être d'un plus vif éclat que le regard d'un
penseur. Qui sait si, vu du dehors, tel homme de
talent, ou même un homme sans talent, mais
aimant les choses de l'esprit, moi par exemple,
n'eût pas fait, à qui l'eût rencontré à Rivebelle,
à l'Hôtel de Balbec, ou sur la digue de Balbec,
l'effet du plus parfait et prétentieux imbécile.
Sans compter que pour Octave les choses de l'art
devaient être quelque chose de si intime, de vivant
tellement dans les plus secrets replis de lui-même
qu'il n'eût sans doute pas eu l'idée d'en parler,
comme eût fait Saint-Loup par exemple, pour
qui les arts avaient le prestige que les attelages
avaient pour Octave. Puis il pouvait avoir la
passion du jeu et on dit qu'il l'a gardée. Tout de
même si la piété qui fit revivre l'œuvre inconnue
de Vinteuil est sortie du milieu si trouble de
Montjouvain, je ne fus pas moins frappé de penser
que les chefs-d'œuvre peut-être les plus extraordinaires de notre époque sont sortis non du
concours général, d'une éducation modèle, aca-
démique, à la de Broglie, mais de la fréquentation
des « pesages » et des grands bars. En tous cas à
cette époque à Balbec, les raisons qui faisaient
désirer à moi de le connaître, à Albertine et ses
amies que je ne le connusse pas, étaient également
étrangères à sa valeur, et auraient pu seulement

mettre en lumière l'éternel malentendu d'un
« intellectuel » (représenté en l'espèce par moi) et
des gens du monde (représentés par la petite
bande), au sujet d'une personne mondaine (le
jeune joueur de golf). Je ne pressentais nullement
son talent, et son prestige à mes yeux, du même
genre qu'autrefois celui de Mme Blatin, était
d'être — quoi qu'elles prétendissent — l'ami de
mes amies, et plus de leur bande que moi. D'autre
part Albertine et Andrée, symbolisant en cela
l'incapacité des gens du monde à porter un jugement valable sur les choses de l'esprit et leur
propension à s'attacher dans cet ordre à de
faux-semblants, non seulement n'étaient pas loin
de me trouver stupide parce que j'étais curieux
d'un tel imbécile, mais s'étonnaient surtout que,
joueur de golf pour joueur de golf, mon choix se
fût justement porté sur le plus insignifiant. Si
encore j'avais voulu me lier avec le jeune Gilbert
de Bellœuvre ; en dehors du golf c'était un garçon
qui avait de la conversation, qui avait eu un
accessit au concours général et faisait agréablement les vers (or il était en réalité plus bête
qu'aucun). Ou alors si mon but était de « faire
une étude pour un livre », Guy Saumoy qui était
complètement fou, avait enlevé deux jeunes
filles, était au moins un type curieux qui pouvait
« m'intéresser ». Ces deux-là, on me les eût « permis », mais l'autre, quel agrément pouvais-je lui
trouver, c'était le type de la « grande brute »,
de la « brute épaisse ». Pour revenir à la visite

d'Andrée, après la révélation qu'elle venait de me faire sur ses relations avec Albertine, elle ajouta que la principale raison pour laquelle Albertine m'avait quitté, c'était à cause de ce que pouvaient penser ses amies de la petite bande, et d'autres encore de la voir ainsi habiter chez un jeune homme avec qui elle n'était pas mariée : « Je sais bien que c'était chez votre mère. Mais cela ne fait rien. Vous ne savez pas ce que c'est que tout ce monde de jeunes filles, ce qu'elles se cachent les unes des autres, comme elles craignent l'opinion des autres. J'en ai vu d'une sévérité terrible avec des jeunes gens simplement parce qu'ils connaissaient leurs amies et qu'elles craignaient que certaines choses ne fussent répétées, et celles-là même, le hasard me les a montrées tout autres, bien contre leur gré. » Quelques mois plus tôt, ce savoir que paraissait posséder Andrée des mobiles auxquels obéissent les filles de la petite bande m'eût paru le plus précieux du monde. Peut-être ce qu'elle disait suffisait-il à expliquer qu'Albertine qui s'était donnée à moi ensuite à Paris, se fût refusée à Balbec où je voyais constamment ses amies, ce que j'avais l'absurdité de croire un tel avantage pour être au mieux avec elle. Peut-être même était-ce de voir quelques mouvements de confiance de moi avec Andrée ou que j'eusse imprudemment dit à celle-ci qu'Albertine allait coucher au Grand Hôtel qui faisait qu'Albertine qui peut-être, une heure avant, était prête à me laisser prendre certains plaisirs, comme la chose la plus simple, avait eu un revirement et avait menacé de sonner. Mais alors, elle avait dû être facile avec bien d'autres. Cette idée réveilla ma jalousie et je dis à Andrée qu'il y avait une chose que je voulais lui demander. « Vous faisiez cela dans l'appartement inhabité de votre grand'mère ? » « Oh ! non jamais, nous aurions été dérangées. » « Tiens, je croyais, il me semblait... » « D'ailleurs Albertine aimait surtout faire cela à la campagne. » « Où ça ? » « Autrefois quand elle n'avait pas le temps d'aller très loin, nous allions aux Buttes-Chaumont. Elle connaissait là une maison. Ou bien sous les arbres, il n'y a personne ; dans la grotte du petit Trianon aussi. » « Vous voyez bien, comment vous croire ? Vous m'aviez juré, il n'y a pas un an n'avoir rien fait aux Buttes-Chaumont. » « J'avais peur de vous faire de la peine. » Comme je l'ai dit je pensai, beaucoup plus tard seulement, qu'au contraire, cette seconde fois, le jour des aveux, Andrée avait cherché à me faire de la peine. Et j'en aurais eu tout de suite, pendant qu'elle parlait, l'idée, parce que j'en aurais éprouvé le besoin, si j'avais encore autant aimé Albertine. Mais les paroles d'Andrée ne me faisaient pas assez mal pour qu'il me fût indispensable de les juger immédiatement mensongères. En somme si ce que disait Andrée était vrai, et je n'en doutai pas d'abord, l'Albertine réelle que je découvrais, après avoir connu tant d'apparences diverses d'Albertine, différait fort

peu de la fille orgiaque surgie et devinée, le premier jour, sur la digue de Balbec et qui m'avait
successivement offert tant d'aspects, comme modifie tour à tour la disposition de ses édifices
jusqu'à écraser, à effacer le monument capital
qu'on voyait seul dans le lointain, une ville dont
on approche, mais dont finalement quand on la
connaît bien et qu'on la juge exactement, les
proportions vraies étaient celles que la perspective du premier coup d'œil avait indiquées, le
reste, par où on a passé, n'étant que cette série
successive de lignes de défense que tout être élève
contre notre vision et qu'il faut franchir l'une
après l'autre, au prix de combien de souffrances,
avant d'arriver au cœur. D'ailleurs si je n'eus
pas besoin de croire absolument à l'innocence
d'Albertine parce que ma souffrance avait diminué, je peux dire que réciproquement si je ne
souffris pas trop de cette révélation, c'est que
depuis quelque temps, à la croyance que je m'étais
forgée de l'innocence d'Albertine, s'était subs-
tituée peu à peu et sans que je m'en rendisse
compte, la croyance toujours présente en moi, en sa
culpabilité. Or si je ne croyais plus à l'innocence
d'Albertine, c'est que je n'avais déjà plus le
besoin, le désir passionné d'y croire. C'est le désir
qui engendre la croyance et si nous ne nous en
rendons pas compte d'habitude, c'est que la
plupart des désirs créateurs de croyances, ne
finissent — contrairement à celui qui m'avait
persuadé qu'Albertine était innocente — qu'avec

nous-mêmes. A tant de preuves qui corroboraient ma version première, j'avais stupidement préféré de simples affirmations d'Albertine. Pourquoi l'avoir crue ? Le mensonge est essentiel à l'humanité. Il y joue peut-être un aussi grand rôle que la recherche du plaisir et d'ailleurs est commandé par cette recherche. On ment pour protéger son plaisir ou son honneur si la divulgation du plaisir est contraire à l'honneur. On ment toute sa vie, même surtout, peut-être seulement, à ceux qui nous aiment. Ceux-là seuls en effet nous font craindre pour notre plaisir et désirer leur estime. J'avais d'abord cru Albertine coupable, et seul mon désir employant à une œuvre de doute les forces de mon intelligence m'avait fait faire fausse route. Peut-être vivons-nous entourés d'indications électriques, sismiques, qu'il nous faut interpréter de bonne foi pour connaître la vérité des caractères. S'il faut le dire, si triste malgré tout que je fusse des paroles d'Andrée, je trouvais plus beau que la réalité se trouvât enfin concorder avec ce que mon instinct avait d'abord pressenti, plutôt qu'avec le misérable optimisme auquel j'avais lâchement cédé par la suite. J'aimais mieux que la vie fût à la hauteur de mes intuitions. Celles-ci du reste que j'avais eues le premier jour sur la plage, quand j'avais cru que ces jeunes filles incarnaient la frénésie du plaisir, le vice, et aussi le soir où j'avais vu l'institutrice d'Albertine faire rentrer cette fille passionnée dans la petite villa, comme on pousse

dans sa cage un fauve que rien plus tard, malgré
les apparences, ne pourra domestiquer, ne s'ac-
cordaient-elles pas à ce que m'avait dit Bloch
quand il m'avait rendu la terre si belle en m'y
montrant, me faisant frissonner dans toutes mes
promenades, à chaque rencontre, l'universalité du
désir. Peut-être malgré tout, ces intuitions premières, valait-il mieux que je ne les rencontrasse
à nouveau vérifiées que maintenant. Tandis que
durait tout mon amour pour Albertine, elles
m'eussent trop fait souffrir et il eût été mieux
qu'il n'eût subsisté d'elles qu'une trace, mon
perpétuel soupçon de choses que je ne voyais pas
et qui pourtant se passaient continuellement si
près de moi, et peut-être une autre trace encore,
antérieure, plus vaste, qui était *mon amour lui-
même.* N'était-ce pas en effet malgré toutes les
dénégations de ma raison, connaître dans toute
sa hideur Albertine, que la choisir, l'aimer ; et
même dans les moments où la méfiance s'assoupit,
l'amour n'en est-il pas la persistance et une
transformation, n'est-il pas une preuve de clairvoyance (preuve inintelligible à l'amant lui-
même) puisque le désir allant toujours vers ce
qui nous est le plus opposé nous force d'aimer ce
qui nous fera souffrir ? Il entre certainement dans
le charme d'un être, dans l'attrait de ses yeux, de
sa bouche, de sa taille, les éléments inconnus de
nous qui sont susceptibles de nous rendre le plus
malheureux, si bien que nous sentir attiré vers
cet être, commencer à l'aimer, c'est, si innocent

que nous le prétendions, lire déjà, dans une version différente, toutes ses trahisons et ses fautes. Et ces charmes qui, pour m'attirer, matérialisaient ainsi les parties nocives, dangereuses, mortelles, d'un être, peut-être étaient-ils avec ces secrets poisons dans un rapport de cause à effet plus direct que ne le sont la luxuriance séductrice et le suc empoisonné de certaines fleurs vénéneuses ? C'est peut-être, me disais-je, le vice lui-même d'Albertine, cause de mes souffrances futures, qui avait produit chez elle ces manières bonnes et franches donnant l'illusion qu'on avait avec elle la même camaraderie loyale et sans restriction qu'avec un homme, comme un vice parallèle avait produit chez M. de Charlus une finesse féminine de sensibilité et d'esprit. Au milieu du plus complet aveuglement, la perspicacité subsiste sous la forme même de la prédilection et de la tendresse. De sorte qu'on a tort de parler en amour de mauvais choix, puisque dès qu'il y a choix, il ne peut être que mauvais. « Est-ce que ces promenades aux Buttes-Chaumont eurent lieu quand vous veniez la chercher à la maison, dis-je à Andrée. » « Oh! non, du jour où Albertine fut revenue de Balbec avec vous, sauf ce que je vous ai dit, elle ne fit plus jamais rien avec moi. Elle ne me permettait même plus de lui parler de ces choses. » « Mais ma petite Andrée pourquoi mentir encore ? Par le plus grand des hasards, car je ne cherche jamais à rien connaître, j'ai appris jusque dans les détails les plus précis, des

choses de ce genre qu'Albertine faisait, je peux
vous préciser, au bord de l'eau avec une blanchis-
seuse quelques jours à peine, avant sa mort. »
« Ah ! peut-être après vous avoir quitté, cela je
ne sais pas. Elle sentait qu'elle n'avait pu, ne
pourrait plus jamais regagner votre confiance. »
Ces derniers mots m'accablèrent. Puis je repensai
au soir de la branche de seringa, je me rappelai
qu'environ quinze jours après, comme ma jalousie
changeait successivement d'objet, j'avais demandé
à Albertine si elle n'avait jamais eu de relations
avec Andrée, et qu'elle m'avait répondu : « Oh !
jamais, certes j'adore Andrée ; j'ai pour elle une
affection profonde, mais comme pour une sœur
et même si j'avais les goûts que vous semblez
croire, c'est la dernière personne à qui j'aurais
pensé pour cela. Je peux vous le jurer sur
tout ce que vous voudrez, sur ma tante, sur
la tombe de ma pauvre mère. » Je l'avais crue.
Et pourtant même si je n'avais pas été mis en
méfiance par la contradiction entre ses demi-
aveux d'autrefois relativement à certaines choses
et la netteté avec laquelle elle les avait niées
ensuite dès qu'elle avait vu que cela ne m'était
pas égal, j'aurais dû me rappeler Swann persuadé
du platonisme des amitiés de M. de Charlus et
me l'affirmant le soir même du jour où j'avais vu
le giletier et le baron dans la cour. J'aurais dû
penser qu'il y a l'un devant l'autre deux mondes,
l'un constitué par les choses que les êtres les meilleurs, les plus sincères disent, et derrière lui le

monde composé par la succession de ce que ces mêmes êtres font ; si bien que quand une femme mariée vous dit d'un jeune homme : « Oh ! c'est parfaitement vrai que j'ai une immense amitié pour lui, mais c'est quelque chose de très innocent, de très pur, je pourrais le jurer sur le souvenir de mes parents », on devrait soi-même, au lieu d'avoir une hésitation, se jurer qu'elle sort probablement du cabinet de toilette où, après chaque rendez-vous qu'elle a eu avec ce jeune homme, elle se précipite, pour n'avoir pas d'enfants. La branche de seringa me rendait mortellement triste, et aussi qu'Albertine m'eût cru, m'eût dit fourbe et la détestant ; plus que tout peut-être, des mensonges si inattendus que j'avais peine à les assimiler à ma pensée. Un jour Albertine m'avait raconté qu'elle avait été à un camp d'aviation, qu'elle était amie de l'aviateur (sans doute pour détourner mon soupçon des femmes, pensant que j'étais moins jaloux des hommes), que c'était amusant de voir comme Andrée était émerveillée devant cet aviateur, devant tous les hommages qu'il rendait à Albertine, au point qu'Andrée avait voulu faire une promenade en avion avec lui. Or cela était inventé de toutes pièces, jamais Andrée n'était allée dans ce camp d'aviation.

Quand Andrée fut partie l'heure du dîner était arrivée. « Tu ne devineras jamais qui m'a fait une visite d'au moins trois heures, me dit ma mère. Je compte trois heures, c'est peut-être plus, elle

était arrivée presque en même temps que la première personne qui était Mme Cottard, a vu successivement sans bouger entrer et sortir mes
différentes visites — et j'en ai eu plus de trente
— et ne m'a quittée qu'il y a un quart d'heure.
Si tu n'avais pas eu ton amie Andrée, je t'aurais fait appeler. » « Mais enfin qui était-ce ? »
« Une personne qui ne fait jamais de visites. »
« La princesse de Parme ? » « Décidément, j'ai
un fils plus intelligent que je ne croyais. Ce
n'est pas un plaisir de te faire chercher un nom,
car tu trouves tout de suite. » « Elle ne s'est
pas excusée de sa froideur d'hier ? » « Non,
ça aurait été stupide, sa visite était justement
cette excuse. Ta pauvre grand'mère aurait trouvé
cela très bien. Il paraît qu'elle avait fait demander
vers deux heures par un valet de pied si j'avais
un jour. On lui a répondu que c'était justement
aujourd'hui, et elle est montée. » Ma première idée
que je n'osais pas dire à maman fut que la princesse de Parme, entourée la veille de personnes
brillantes avec qui elle était très liée et avec qui
elle aimait à causer, avait ressenti de voir entrer
ma mère un dépit qu'elle n'avait pas cherché à
dissimuler. Et c'était tout à fait dans le genre
des grandes dames allemandes, qu'avaient du
reste beaucoup adopté les Guermantes, cette
morgue, qu'on croyait réparer par une scrupuleuse
amabilité. Mais ma mère crut, et j'ai cru ensuite
comme elle, que tout simplement la princesse de
Parme ne l'ayant pas reconnue, n'avait pas cru

devoir s'occuper d'elle, qu'elle avait appris après
le départ de ma mère qui elle était, soit par la
duchesse de Guermantes que ma mère avait rencontrée en bas, soit par la liste des visiteuses auxquelles les huissiers avant qu'elles entrassent
demandaient leur nom pour l'inscrire sur un
registre. Elle avait trouvé peu aimable de faire
dire ou de dire à ma mère : « Je ne vous ai pas
reconnue », mais ce qui n'était pas moins conforme
à la politesse des cours allemandes et aux façons
Guermantes que ma première version, avait pensé
qu'une visite, chose exceptionnelle de la part
de l'Altesse, et surtout une visite de plusieurs
heures, fournirait à ma mère, sous une forme
indirecte et tout aussi persuasive cette explication, ce qui arriva en effet. Mais je ne m'attardai
pas à demander à ma mère un récit de la visite
de la princesse, car je venais de me rappeler
plusieurs faits relatifs à Albertine sur lesquels je
voulais et j'avais oublié d'interroger Andrée.
Combien peu d'ailleurs je savais, je saurais jamais
de cette histoire d'Albertine, la seule histoire qui
m'eût particulièrement intéressé, du moins qui
recommençait à m'intéresser à certains moments.
Car l'homme est cet être sans âge fixe, cet être
qui a la faculté de redevenir en quelques secondes
de beaucoup d'années plus jeune, et qui, entouré
des parois du temps où il a vécu, y flotte, mais
comme dans un bassin dont le niveau changerait
constamment et le mettrait à portée tantôt d'une
époque, tantôt d'une autre. J'écrivis à Andrée

de revenir. Elle ne le put qu'une semaine plus
tard. Presque dès le début de sa visite, je lui dis :
« En somme puisque vous prétendez qu'Albertine
ne faisait plus ce genre de choses quand elle vivait
ici, d'après vous, c'est pour les faire plus librement
qu'elle m'a quitté, mais pour quelle amie ? »
« Sûrement pas, ce n'est pas du tout cela. »
« Alors parce que j'étais trop désagréable ? »
« Non, je ne crois pas. Je crois qu'elle a été forcée
de vous quitter par sa tante qui avait des vues
pour elle sur cette canaille, vous savez, ce jeune
homme que vous appeliez « *je suis dans les choux* »,
ce jeune homme qui aimait Albertine et l'avait
demandée. Voyant que vous ne l'épousiez pas,
ils ont eu peur que la prolongation choquante de
son séjour chez vous n'empêchât ce jeune homme
de l'épouser. Mme Bontemps sur qui le jeune
homme ne cessait de faire agir a rappelé Albertine.
Albertine au fond avait besoin de son oncle et
de sa tante et quand elle a su qu'on lui mettait
le marché en mains, elle vous a quitté. » Je n'avais
jamais dans ma jalousie pensé à cette explication,
mais seulement aux désirs d'Albertine pour les
femmes et à ma surveillance, j'avais oublié qu'il
y avait aussi Mme Bontemps qui pouvait trouver
étrange un peu plus tard ce qui avait choqué ma
mère dès le début. Du moins Mme Bontemps
craignait que cela ne choquât ce fiancé possible
qu'elle lui gardait comme une poire pour la soif,
si je ne l'épousais pas. Ce mariage était-il vraiment la raison du départ d'Albertine et par

amour-propre, pour ne pas avoir l'air de dépendre de sa tante, ou de me forcer à l'épouser n'avait-elle pas voulu le dire ? Je commençais à me rendre compte que le système des causes nombreuses d'une seule action, dont Albertine était adepte dans ses rapports avec ses amies quand elle laissait croire à chacune que c'était pour elle qu'elle était venue, n'était qu'une sorte de symbole artificiel, voulu, des différents aspects que prend une action selon le point de vue où on se place. L'étonnement et l'espèce de honte que je ressentais de ne pas m'être une seule fois dit qu'Albertine était chez moi dans une position fausse, qui pouvait ennuyer sa tante, cet étonnement, ce n'était pas la première fois, ce ne fut pas la dernière fois, que je l'éprouvai. Que de fois il m'est arrivé, après avoir cherché à comprendre les rapports de deux êtres et les crises qu'ils amènent, d'entendre tout d'un coup un troisième m'en parler à son point de vue à lui, car il a des rapports plus grands encore avec l'un des deux, point de vue qui a peut-être été la cause de la crise. Et si les actes restent aussi incertains, comment les personnes elles-mêmes ne le seraient-elles pas ? A entendre les gens qui prétendaient qu'Albertine était une roublarde qui avait cherché à se faire épouser par tel ou tel, il n'est pas difficile de supposer comment ils eussent défini sa vie chez moi. Et pourtant à mon avis elle avait été une victime, une victime peut-être pas tout à fait pure, mais dans ce cas coupable pour d'autres raisons, à cause de vices dont on ne parlait point. Mais il faut surtout se dire ceci : d'une part, le mensonge est souvent un trait de caractère ; d'autre part, chez des femmes qui ne seraient pas sans cela menteuses, il est une défense naturelle, improvisée, puis de mieux en mieux organisée, contre ce danger subit et qui serait capable de détruire toute vie : l'amour. D'autre part, ce n'est pas l'effet du hasard si les êtres intellectuels et sensibles se donnent toujours à des femmes insensibles et inférieures, et tiennent cependant à elles, au point que la preuve qu'ils ne sont pas aimés ne les guérit nullement de tout sacrifier à conserver près d'eux une telle femme. Si je dis que de tels hommes ont besoin de souffrir, je dis une chose exacte en supprimant les vérités préliminaires qui font de ce besoin — involontaire en un sens — de souffrir, une conséquence parfaitement compréhensible de ces vérités. Sans compter que les natures complètes étant rares, un être très sensible et très intellectuel aura généralement peu de volonté, sera le jouet de l'habitude et de cette peur de souffrir dans la minute qui vient, qui voue aux souffrances perpétuelles — et que dans ces conditions il ne voudra jamais répudier la femme qui ne l'aime pas. On s'étonnera qu'il se contente de si peu d'amour, mais il faudrait plutôt se représenter la douleur que peut lui causer l'amour qu'il ressent. Douleur qu'il ne faut pas trop plaindre, car il en est de ces terribles commotions que nous donnent l'amour malheureux, le départ, la mort d'une amante, comme de ces attaques de paralysie qui nous foudroient d'abord, mais après lesquelles les muscles tendent peu à peu à reprendre leur élasticité, leur énergie vitales. De plus cette douleur n'est pas sans compensation. Ces êtres intellectuels et sensibles sont généralement peu enclins au mensonge. Celui-ci les prend d'autant plus au dépourvu que même très intelligents, ils vivent dans le monde des possibles, réagissent peu, vivent dans la douleur qu'une femme vient de leur infliger, plutôt que dans la claire perception de ce qu'elle voulait, de ce qu'elle faisait, de celui qu'elle aimait, perception donnée surtout aux natures volontaires et qui ont besoin de cela pour parer à l'avenir au lieu de pleurer le passé. Donc ces êtres se sentent trompés sans trop savoir comment. Par là la femme médiocre qu'on s'étonnait de les voir aimer, leur enrichit bien plus l'univers que n'eût fait une femme intelligente. Derrière chacune de ses paroles, ils sentent un mensonge, derrière chaque maison où elle dit être allée, une autre maison, derrière chaque action, chaque être, une autre action, un autre être. Sans doute ils ne savent pas lesquels, n'ont pas l'énergie, n'auraient peut-être pas la possibilité d'arriver à le savoir. Une femme menteuse, avec un truc extrêmement simple, peut leurrer sans se donner la peine de le changer des quantités de personnes et qui plus est, la même qui aurait dû le découvrir. Tout cela crée, en face de l'intellectuel sensible un univers tout en profondeurs que sa jalousie voudrait sonder et qui n'est pas sans intéresser son intelligence.

Sans être précisément de ceux-là j'allais peut-être, maintenant qu'Albertine était morte, savoir le secret de sa vie. Mais cela, ces indiscrétions qui ne se produisent qu'après que la vie terrestre d'une personne est finie, ne prouvent-elles pas que personne ne croit, au fond, à une vie future. Si ces indiscrétions sont vraies, on devrait redouter le ressentiment de celle dont on dévoile les actions autant pour le jour où on la rencontrera au ciel, qu'on le redoutait tant qu'elle vivait, lorsqu'on se croyait tenu à cacher son secret. Et si ces indiscrétions sont fausses, inventées parce qu'elle n'est plus là pour démentir, on devrait craindre plus encore la colère de la morte si on croyait au ciel. Mais personne n'y croit. De sorte qu'il était possible qu'un long drame se fût joué dans le cœur d'Albertine entre rester et me quitter, mais que me quitter fût à cause de sa tante, ou de ce jeune homme, et pas à cause de femmes auxquelles peut-être elle n'avait jamais pensé. Le plus grave pour moi fut qu'Andrée qui n'avait pourtant plus rien à me cacher sur les mœurs d'Albertine, me jura qu'il n'y avait pourtant rien eu de ce genre entre Albertine d'une part, Mlle Vinteuil et son amie d'autre part (Albertine ignorait elle-même ses propres goûts quand elle les avait connues, et celles-ci, par cette peur de se tromper

99

dans le sens qu'on désire, qui engendre autant
d'erreurs que le désir lui-même, la considéraient
comme très hostile à ces choses. Peut-être bien
plus tard avaient-elles appris sa conformité de
goûts avec elle, mais alors elles connaissaient trop
Albertine et Albertine les connaissait trop pour
qu'elles pussent songer à faire cela ensemble). En
somme je ne comprenais toujours pas davantage
pourquoi Albertine m'avait quitté. Si la figure
d'une femme est difficilement saisissable aux yeux
qui ne peuvent s'appliquer à toute cette surface
mouvante, aux lèvres, plus encore à la mémoire,
si des nuages la modifient selon sa position sociale,
selon la hauteur où l'on est situé, quel rideau plus
épais encore est tiré entre les actions de celle
que nous voyons et ses mobiles. Les mobiles sont
dans un plan plus profond, que nous n'apercevons
pas, et engendrent d'ailleurs d'autres actions que
celles que nous connaissons et souvent en absolue
contradiction avec elles. A quelle époque n'y a-t-il
pas eu d'homme public, cru un saint par ses amis,
et qui soit découvert avoir fait des faux, volé
l'État, trahi sa patrie ? Que de fois un grand seigneur est volé par un intendant qu'il a élevé,
dont il eût juré qu'il était un brave homme et qui
l'était peut-être. Or ce rideau tiré sur les mobiles
d'autrui, combien devient-il plus impénétrable si
nous avons de l'amour pour cette personne, car il
obscurcit notre jugement et les actions aussi de
celle qui, se sentant aimée, cesse tout d'un coup
d'attacher du prix à ce qui en aurait eu sans

cela pour elle, comme la fortune par exemple.
Peut-être aussi est-elle poussée à feindre en partie
ce dédain de la fortune dans l'espoir d'obtenir
plus en faisant souffrir. Le marchandage peut
aussi se mêler au reste. De même des faits
positifs de sa vie, une intrigue qu'elle n'a con-
fiée à personne de peur qu'elle ne nous fût
révélée, que beaucoup malgré cela auraient peut-
être connue s'ils avaient eu de la connaître le
même désir passionné que nous, en gardant
plus de liberté d'esprit, en éveillant chez l'intéressée moins de suspicions, une intrigue que
certains n'ont pas ignorée — mais certains que
nous ne connaissons pas et que nous ne saurions
où trouver. Et parmi toutes les raisons d'avoir
avec nous une attitude inexplicable, il faut faire
entrer ces singularités du caractère qui poussent
un être, soit par négligence de son intérêt, soit
par haine, soit par amour de la liberté, soit par
de brusques impulsions de colère, ou par crainte de
ce que penseront certaines personnes, à faire le
contraire de ce que nous pensions. Et puis il y
a les différences de milieu, d'éducation, auxquelles
on ne veut pas croire parce que, quand on cause
tous les deux, on les efface par les paroles, mais
qui se retrouvent quand on est seul pour diriger
les actes de chacun d'un point de vue si opposé
qu'il n'y a pas de véritable rencontre possible.
— « Mais ma petite Andrée vous mentez encore.
Rappelez-vous, — vous-même me l'avez avoué,
— je vous ai téléphoné la veille, vous rappelez-

vous qu'Albertine avait tant voulu, et en me le cachant comme quelque chose que je ne devais pas savoir, aller à la matinée Verdurin où Mlle Vinteuil devait venir. » « Oui, mais Albertine ignorait absolument que Mlle Vinteuil dût y venir. » « Comment ? Vous-même m'avez dit que quelques jours avant elle avait rencontré Mme Verdurin. D'ailleurs, Andrée, inutile de nous tromper l'un l'autre. J'ai trouvé un papier un matin dans la chambre d'Albertine, un mot de Mme Verdurin la pressant de venir à la matinée. » Et je lui montrai le mot qu'en effet Françoise s'était arrangée pour me faire voir en le plaçant tout au-dessus des affaires d'Albertine quelques jours avant son départ, et, je le crains, en le laissant là pour faire croire à Albertine que j'avais fouillé dans ses affaires, pour lui faire savoir en tous cas que j'avais vu ce papier. Et je m'étais souvent demandé si cette ruse de Françoise n'avait pas été pour beaucoup dans le départ d'Albertine qui voyait qu'elle ne pouvait plus rien me cacher et se sentait découragée, vaincue. Je lui montrai le papier : Je n'ai aucun remords, tout excusée par ce sentiment si familial... « Vous savez bien Andrée qu'Albertine avait toujours dit que l'amie de Mlle Vinteuil était en effet pour elle une mère, une sœur. » « Mais vous avez mal compris ce billet. La personne que Mme Verdurin voulait ce jour-là faire rencontrer chez elle avec Albertine, ce n'était pas du tout l'amie de Mlle Vinteuil, c'était le fiancé « *je suis dans les choux* » et le sentiment familial est celui que Mme Verdurin portait à cette crapule qui est en effet son neveu. Pourtant je crois qu'ensuite Albertine a su que Mlle Vinteuil devait venir, Mme Verdurin avait pu le lui faire savoir accessoirement. Certainement l'idée qu'elle reverrait son amie lui avait fait plaisir, lui rappelait un passé agréable, mais comme vous seriez content, si vous deviez aller dans un endroit, de savoir qu'Elstir y est, mais pas plus, pas même autant. Non, si Albertine ne voulait pas dire pourquoi elle voulait aller chez Mme Verdurin, c'est qu'il y avait une répétition où Mme Verdurin avait convoqué très peu de personnes, parmi lesquelles ce neveu à elle que vous aviez rencontré à Balbec, que Mme Bontemps voulait faire épouser à Albertine et avec qui Albertine voulait parler. C'est une jolie canaille». Ainsi Albertine, contrairement à ce qu'avait cru autrefois la mère d'Andrée, avait eu somme toute un beau parti bourgeois. Et quand elle avait voulu voir Mme Verdurin, quand elle lui avait parlé en secret, quand elle avait été si fâchée que j'y fusse allé en soirée sans la prévenir, l'intrigue qu'il y avait entre elle et Mme Verdurin avait pour objet de lui faire rencontrer non Mlle Vinteuil, mais le neveu qui aimait Albertine et pour qui Mme Verdurin s'entremettait, avec cette satisfaction de travailler à la réalisation d'un de ces mariages qui surprennent de la part de certaines familles dans la mentalité de qui on n'entre pas complètement, croyant qu'elles tiennent à un mariage riche. Or jamais je n'avais repensé à ce neveu qui avait peut-être été le déniaiseur grâce auquel j'avais été embrassé la première fois par elle. Et à tout le plan des mobiles d'Albertine que j'avais construit, il fallait en substituer un autre, ou le lui superposer, car peut-être il ne l'excluait pas, le goût pour les femmes n'empêchant pas de se marier. « Et puis il n'y a pas besoin de chercher tant d'explications, ajouta Andrée. Dieu sait combien j'aimais Albertine et quelle bonne créature c'était, mais surtout depuis qu'elle avait eu la fièvre typhoïde (une année avant que vous ayez fait notre connaissance à toutes), c'était un vrai cerveau brûlé. Tout à coup elle se dégoûtait de ce qu'elle faisait, il fallait changer à la minute même, et elle ne savait sans doute pas elle-même pourquoi. Vous rappelez-vous la première année où vous êtes venu à Balbec, l'année où vous nous avez connues ? Un beau jour elle s'est fait envoyer une dépêche qui la rappelait à Paris, c'est à peine si on a eu le temps de faire ses malles. Or elle n'avait aucune raison de partir. Tous les prétextes qu'elle a donnés étaient faux. Paris était assommant pour elle à ce moment-là. Nous étions toutes encore à Balbec. Le golf n'était pas fermé et même les épreuves pour la grande coupe qu'elle avait tant désirée n'étaient pas finies. Sûrement c'est elle qui l'aurait eue. Il n'y avait que huit jours à attendre. Eh bien, elle est partie au galop ! Souvent je lui en avais reparlé depuis. Elle disait

elle-même qu'elle ne savait pas pourquoi elle
était partie, que c'était le mal du pays (le pays,
c'est Paris, vous pensez si c'est probable), qu'elle
se déplaisait à Balbec, qu'elle croyait qu'il y avait
des gens qui se moquaient d'elle. » Et je me disais
qu'il y avait cela de vrai dans ce que disait
Andrée que, si des différences entre les esprits
expliquent les impressions différentes produites
sur telle ou telle personne par une même œuvre,
les différences de sentiments, l'impossibilité de
persuader une personne qui ne vous aime pas, il
y a aussi les différences entre les caractères, les
particularités d'un caractère qui sont aussi une
cause d'action. Puis je cessais de songer à cette
explication et je me disais combien il est difficile
de savoir la vérité dans la vie. J'avais bien
remarqué le désir et la dissimulation d'Albertine
pour aller chez Mme Verdurin et je ne m'étais
pas trompé. Mais alors même qu'on tient ainsi
un fait, des autres on ne perçoit que l'apparence ; car l'envers de la tapisserie, l'envers réel
de l'action, de l'intrigue, — aussi bien que celui
de l'intelligence, du cœur — se dérobe et nous
ne voyons passer que des silhouettes plates
dont nous nous disons : c'est ceci, c'est cela ;
c'est à cause d'elle, ou de telle autre. La révélation que Mlle Vinteuil devait venir m'avait
paru l'explication d'autant plus logique qu'Albertine allant au-devant m'en avait parlé. Et
plus tard n'avait-elle pas refusé de me jurer que
la présence de Mlle Vinteuil ne lui faisait aucun

plaisir. Et ici à propos de ce jeune homme, je me rappelai ceci que j'avais oublié : peu de temps auparavant, pendant qu'Albertine habitait chez moi je l'avais rencontré, et il avait été contrairement à son attitude à Balbec excessivement aimable, même affectueux avec moi, m'avait supplié de le laisser venir me voir, ce que j'avais refusé pour beaucoup de raisons. Or maintenant, je comprenais que tout bonnement, sachant qu'Albertine habitait la maison, il avait voulu se mettre bien avec moi pour avoir toutes facilités de la voir et de me l'enlever et je conclus que c'était un misérable. Quelque temps après, lorsque furent jouées devant moi les premières œuvres de ce jeune homme, sans doute je continuai à penser que s'il avait tant voulu venir chez moi, c'était à cause d'Albertine, et tout en trouvant cela coupable, je me rappelai que jadis si j'étais parti pour Doncières, voir Saint-Loup, c'était en réalité parce que j'aimais Mme de Guermantes. Il est vrai que le cas n'était pas le même, Saint-Loup n'aimant pas Mme de Guermantes, si bien qu'il y avait dans ma tendresse peut-être un peu de duplicité, mais nulle trahison. Mais je songeai ensuite que cette tendresse qu'on éprouve pour celui qui détient le bien que vous désirez, on l'éprouve aussi si ce bien, celui-là le détient même en l'aimant pour lui-même. Sans doute, il faut alors lutter contre une amitié qui conduira tout droit à la trahison. Et je crois que c'est ce que j'ai toujours fait. Mais pour ceux qui n'en ont

pas la force, on ne peut pas dire que chez eux
l'amitié qu'ils affectent pour le détenteur soit
une pure ruse ; ils l'éprouvent sincèrement et à
cause de cela la manifestent avec une ardeur
qui, une fois la trahison accomplie, fait que le
mari ou l'amant trompé peut dire avec une indignation stupéfiée : « Si vous aviez entendu les
protestations d'affection que me prodiguait ce
misérable ! Qu'on vienne voler un homme de son
trésor, je le comprends encore. Mais qu'on éprouve
le besoin diabolique de l'assurer d'abord de son
amitié, c'est un degré d'ignominie et de perversité
qu'on ne peut imaginer. » Or, il n'y a pas là
une telle perversité, ni même mensonge tout à
fait lucide. L'affection de ce genre que m'avait
manifestée ce jour-là le pseudo-fiancé d'Albertine avait encore une autre excuse, étant plus
complexe qu'un simple dérivé de l'amour pour
Albertine. Ce n'est que depuis peu qu'il se savait,
qu'il s'avouait, qu'il voulait être proclamé un
intellectuel. Pour la première fois les valeurs
autres que sportives ou noceuses existaient pour
lui. Le fait que j'eusse été estimé d'Elstir, de
Bergotte, qu'Albertine lui eût peut-être parlé de
la façon dont je jugeais les écrivains et dont elle
se figurait que j'aurais pu écrire moi-même, faisait
que tout d'un coup j'étais devenu pour lui (pour
l'homme nouveau qu'il s'apercevait enfin être)
quelqu'un d'intéressant avec qui il eût eu plaisir
à être lié, à qui il eût voulu confier ses projets,
peut-être demander de le présenter à Elstir. De

sorte qu'il était sincère en demandant à venir chez moi, en m'exprimant une sympathie où des raisons intellectuelles en même temps qu'un reflet d'Albertine mettaient de la sincérité. Sans doute ce n'était pas *pour cela* qu'il tenait tant à venir chez moi et il eût tout lâché pour cela. Mais cette raison dernière qui ne faisait guère qu'élever à une sorte de paroxysme passionné les deux premières, il l'ignorait peut-être lui-même, et les deux autres existaient réellement, comme avait pu réellement exister chez Albertine quand elle avait voulu aller, l'après-midi de la répétition, chez Mme Verdurin, le plaisir parfaitement honnête qu'elle aurait eu à revoir des amies d'enfance, qui pour elle n'étaient pas plus vicieuses qu'elle n'était pour celles-ci, à causer avec elles, à leur montrer, par sa seule présence chez les Verdurin, que la pauvre petite fille qu'elles avaient connue était maintenant invitée dans un salon marquant, le plaisir aussi qu'elle aurait peut-être eu à entendre de la musique de Vinteuil. Si tout cela était vrai, la rougeur qui était venue au visage d'Albertine quand j'avais parlé de Mlle Vinteuil, venait de ce que je l'avais fait à propos de cette matinée qu'elle avait voulu me cacher, à cause de ce projet de mariage que je ne devais pas savoir. Le refus d'Albertine de me jurer qu'elle n'aurait eu aucun plaisir à revoir à cette matinée Mlle Vinteuil, avait à ce moment-là augmenté mon tourment, fortifié mes soupçons, mais me prouvait rétrospectivement qu'elle avait tenu à être sin-

cère, et même pour une chose innocente, peut-
être justement parce que c'était une chose innocente. Il restait ce qu'Andrée m'avait dit sur
ses relations avec Albertine. Peut-être pourtant,
même sans aller jusqu'à croire qu'Andrée les
inventait entièrement pour que je ne fusse pas
heureux et ne pusse pas me croire supérieur à
elle, pouvais-je encore supposer qu'elle avait un
peu exagéré ce qu'elle faisait avec Albertine, et
qu'Albertine, par restriction mentale, diminuait
aussi un peu ce qu'elle avait fait avec Andrée, se
servant systématiquement de certaines défini-
tions que stupidement j'avais formulées sur ce
sujet, trouvant que ses relations avec Andrée ne
rentraient pas dans ce qu'elle devait m'avouer
et qu'elle pouvait les nier sans mentir. Mais
pourquoi croire que c'était plutôt elle qu'Andrée
qui mentait? La vérité et la vie sont bien ardues
et il me restait d'elles, sans qu'en somme je les
connusse, une impression où la tristesse était
peut-être encore dominée par la fatigue.

Quant à la troisième fois où je me souviens
d'avoir eu conscience que j'approchais de l'indifférence absolue à l'égard d'Albertine (et cette dernière fois jusqu'à sentir que j'y étais tout à fait
arrivé), ce fut un jour, à Venise, assez longtemps
après la dernière visite d'Andrée.

CHAPITRE III

Séjour à Venise

Ma mère m'avait emmené passer quelques
semaines à Venise et — comme il peut y avoir de
là beauté aussi bien que dans les choses les plus
humbles, dans les plus précieuses — j'y goûtais
des impressions analogues à celles que j'avais si
souvent ressenties autrefois à Combray, mais
transposées selon un mode entièrement différent
et plus riche. Quand à dix heures du matin on
venait ouvrir mes volets, je voyais flamboyer,
au lieu du marbre noir que devenaient en resplen-
dissant les ardoises de Saint-Hilaire, l'Ange d'Or
du campanile de Saint-Marc. Rutilant d'un soleil
qui le rendait presque impossible à fixer, il me
faisait avec ses bras grands ouverts, pour quand
je serais une demi-heure plus tard sur la piazzetta,
une promesse de joie plus certaine que celle qu'il
put être jadis chargé d'annoncer aux hommes
de bonne volonté. Je ne pouvais apercevoir que
lui, tant que j'étais couché, mais comme le monde
n'est qu'un vaste cadran solaire où un seul seg-

ment ensoleillé nous permet de voir l'heure qu'il est, dès le premier matin je pensai aux boutiques de Combray sur la place de l'Église qui le dimanche étaient sur le point de fermer quand j'arrivais à la messe, tandis que la paille du marché sentait fort sous le soleil déjà chaud. Mais dès le second jour, ce que je vis, en m'éveillant, ce pourquoi je me levai (parce que cela s'était substitué dans ma mémoire et dans mon désir aux souvenirs de Combray), ce furent les impressions de ma première sortie du matin à Venise, à Venise où la vie quotidienne n'était pas moins réelle qu'à Combray, où comme à Combray le dimanche matin on avait bien le plaisir de descendre dans une rue en fête, mais où cette rue était toute en une eau de saphir, rafraîchie de souffles tièdes, et d'une couleur si résistante, que mes yeux fatigués pouvaient pour se détendre et sans craindre qu'elle fléchît y appuyer leurs regards. Comme à Combray les bonnes gens de la rue de l'Oiseau, dans cette nouvelle ville aussi, les habitants sortaient bien des maisons alignées l'une à côté de l'autre dans la grande rue, mais ce rôle de maisons projetant un peu d'ombre à leurs pieds était à Venise confié à des palais de porphyre et de jaspe, au-dessus de la porte cintrée desquels la tête d'un Dieu barbu (en dépassant l'alignement, comme le marteau d'une porte à Combray) avait pour résultat de rendre plus foncé par son reflet, non le brun du sol, mais le bleu splendide de l'eau. Sur la piazza l'ombre

111

qu'eussent développée à Combray la toile du
magasin de nouveautés et l'enseigne du coiffeur,
c'étaient les petites fleurs bleues que sème à ses
pieds sur le désert du dallage ensoleillé le relief
d'une façade Renaissance, non pas que quand
le soleil tapait fort, on ne fût obligé, à Venise
comme à Combray, de baisser au bord du canal,
des stores, mais ils étaient tendus entre les
quadrilobes et les rinceaux de fenêtres gothiques.
J'en dirai autant de celle de notre hôtel devant
les balustres de laquelle ma mère m'attendait en
regardant le canal avec une patience qu'elle n'eût
pas montrée autrefois à Combray, en ce temps
où, mettant en moi des espérances qui depuis
n'avaient pas été réalisées, elle ne voulait pas me
laisser voir combien elle m'aimait. Maintenant
elle sentait bien que sa froideur apparente n'eût
plus rien changé, et la tendresse qu'elle me prodiguait était comme ces aliments défendus qu'on
ne refuse plus aux malades, quand il est assuré
qu'ils ne peuvent guérir. Certes les humbles particularités qui faisaient individuelle la fenêtre
de la chambre de ma tante Léonie, sur la rue de
l'Oiseau, son asymétrie à cause de la distance
inégale entre les deux fenêtres voisines, la hauteur
excessive de son appui de bois, et la barre coudée
qui servait à ouvrir les volets, les deux pans de
satin bleu et glacé qu'une embrasse divisait et
retenait écartés, l'équivalent de tout cela existait
à cet Hôtel de Venise où j'entendais aussi ces
mots si particuliers, si éloquents qui nous font

reconnaître de loin la demeure où nous rentrons
déjeuner, et plus tard restent dans notre souvenir
comme un témoignage que pendant un certain
temps cette demeure fut la nôtre ; mais le soin
de les dire était, à Venise, dévolu non comme il
l'était à Combray, et comme il l'est un peu partout, aux choses les plus simples, voire les plus
laides, mais à l'ogive encore à demi-arabe d'une
façade qui est reproduite dans tous les musées
de moulages et tous les livres d'art illustrés, comme
un des chefs-d'œuvre de l'architecture domestique
au Moyen Age ; de bien loin et quand j'avais à
peine dépassé Saint-Georges Majeur, j'apercevais
cette ogive qui m'avait vu, et l'élan de ses arcs
brisés ajoutait à son sourire de bienvenue la distinction d'un regard plus élevé, presque incompris. Et parce que derrière ces balustres de marbre
de diverses couleurs, maman lisait en m'attendant, le visage contenu dans une voilette de tulle
d'un blanc aussi déchirant que celui de ses cheveux, pour moi qui sentais que ma mère l'avait
en cachant ses larmes ajoutée à son chapeau de
paille, un peu pour avoir l'air « habillée » devant
les gens de l'hôtel, mais surtout pour me paraître
moins en deuil, moins triste, presque consolée de
la mort de ma grand'mère, parce que, ne m'ayant
pas reconnu tout de suite, dès que de la gondole
je l'appelais, elle envoyait vers moi, du fond de
son cœur, son amour qui ne s'arrêtait que là où
il n'y avait plus de matière pour le soutenir à la
surface de son regard passionné qu'elle faisait

113

aussi proche de moi que possible, qu'elle cherchait à exhausser, à l'avancée de ses lèvres, en un sourire qui semblait m'embrasser, dans le cadre et sous le dais du sourire plus discret de l'ogive illuminée par le soleil de midi, à cause de cela, cette fenêtre a pris dans ma mémoire la douceur des choses qui eurent en même temps que nous, à côté de nous, leur part dans une certaine heure qui sonnait, la même pour nous et pour elles ; et si pleins de formes admirables que soient ses meneaux, cette fenêtre illustre garde pour moi l'aspect intime d'un homme de génie avec qui nous aurions passé un mois dans une même villégiature, qui y aurait contracté pour nous quelque amitié, et si depuis, chaque fois que je vois le moulage de cette fenêtre dans un musée, je suis obligé de retenir mes larmes, c'est tout simplement parce qu'elle me dit la chose qui peut le plus me toucher : « Je me rappelle très bien votre mère. »

Et pour aller chercher maman qui avait quitté la fenêtre, j'avais bien en laissant la chaleur du plein air cette sensation de fraîcheur, jadis éprouvée à Combray quand je montais dans ma chambre, mais à Venise c'était un courant d'air marin qui l'entretenait non plus dans un petit escalier de bois aux marches rapprochées, mais sur les nobles surfaces de degrés de marbre, éclaboussées à tout moment d'un éclair de soleil glauque, et qui à l'utile leçon de Chardin, reçue autrefois, ajoutaient celle de Véronèse. Et puisque à Venise ce sont des œuvres d'art, des choses magnifiques, qui sont chargées de nous donner les impressions familières de la vie, c'est esquiver le caractère de cette ville, sous prétexte que la Venise de certains peintres est froidement esthétique dans sa partie la plus célèbre, qu'en représenter seulement (exceptons les superbes études de Maxime Dethomas) les aspects misérables, là où ce qui fait sa splendeur s'efface, et pour rendre Venise plus intime et plus vraie lui donner de la ressemblance avec Aubervilliers. Ce fut le tort de très grands artistes, par une réaction bien naturelle contre la Venise factice des mauvais peintres, de s'être attachés uniquement à la Venise, qu'ils trouvèrent plus réaliste, des humbles campi, des petits rii abandonnés. C'était elle que j'explorais souvent l'après-midi, si je ne sortais pas avec ma mère. J'y trouvais plus facilement en effet de ces femmes du peuple, les allumetières, les enfileuses de perles, les travailleuses du verre ou de la dentelle, les petites ouvrières aux grands châles noirs à franges. Ma gondole suivait les petits canaux ; comme la main mystérieuse d'un génie qui m'aurait conduit dans les détours de cette ville d'Orient, ils semblaient au fur et à mesure que j'avançais, me pratiquer un chemin creusé en plein cœur d'un quartier qu'ils divisaient en écartant à peine d'un mince sillon arbitrairement tracé les hautes maisons aux petites fenêtres mauresques ; et, comme si le guide magique avait tenu une bougie entre ses doigts et m'eût éclairé au passage, ils faisaient briller devant eux un rayon de soleil à qui ils frayaient sa route.

On sentait qu'entre les pauvres demeures que le petit canal venait de séparer et qui eussent sans cela formé un tout compact, aucune place n'avait été réservée. De sorte que le Campanile de l'église ou les treilles des jardins surplombaient à pic le rio comme dans une ville inondée. Mais pour les églises comme pour les jardins, grâce à la même transposition que dans le Grand Canal, la mer se prêtait si bien à faire la fonction de voie de communication, de rue grande ou petite, que de chaque côté du canaletto les églises montaient de l'eau en ce vieux quartier populeux, devenues des paroisses humbles et fréquentées, portant sur elles le cachet de leur nécessité, de la fréquentation de nombreuses petites gens, que les jardins traversés par la percée du canal laissaient traîner dans l'eau leurs feuilles ou leurs fruits étonnés et que sur le rebord de la maison dont le grès grossièrement fendu était encore rugueux comme s'il venait d'être brusquement scié, des gamins surpris et gardant leur équilibre laissaient pendre leurs jambes bien d'aplomb, à la façon de matelots assis sur un pont mobile dont les deux moitiés viennent de s'écarter et ont permis à la mer de passer entre elles.

Parfois, apparaissait un monument plus beau qui se trouvait là, comme une surprise dans une boîte que nous viendrions d'ouvrir, un petit temple d'ivoire avec ses ordres corinthiens et sa statue allégorique au fronton un peu dépaysé parmi les choses usuelles au milieu desquelles il traînait, et le péristyle que lui réservait le canal gardait l'air d'un quai de débarquement pour maraîchers.

Le soleil était encore haut dans le ciel quand j'allais retrouver ma mère sur la Piazetta. Nous remontions le grand canal en gondole, nous regardions la file des palais, entre lesquels nous passions, refléter la lumière et l'heure sur leurs flancs rosés et changer avec elles, moins à la façon d'habitations privées et de monuments célèbres que comme une chaîne de falaises de marbre au pied de laquelle on va se promener le soir en barque pour voir se coucher le soleil. Telles, les demeures disposées des deux côtés du chenal faisaient penser à des sites de la nature, mais d'une nature qui aurait créé ses œuvres avec une imagination humaine. Mais en même temps (à cause du caractère des impressions toujours urbaines que Venise donne presque en pleine mer, sur ces flots où le flux et le reflux se font sentir deux fois par jour, et qui tour à tour recouvrent à marée haute et découvrent à marée basse les magnifiques escaliers extérieurs des palais), comme nous l'eussions fait à Paris sur les boulevards, dans les Champs-Élysées, au Bois, dans toute large avenue à la mode, parmi la lumière poudroyante du soir, nous croisions les femmes les plus élégantes, presque toutes étrangères, et qui, mollement appuyées sur les coussins de leur équipage flottant, prenaient la file, s'arrêtaient devant un palais où elles avaient une amie à aller voir, faisaient demander si elle était là ; et, tandis qu'en attendant la réponse elles préparaient à tout hasard leur carte pour la laisser, comme elles eussent fait à la porte de l'hôtel de Guermantes, elles cherchaient dans leur guide de quelle époque, de quel style était le palais, non sans être secouées comme au sommet d'une vague bleue par le remous de l'eau étincelante et cabrée, qui s'effarait d'être resserrée entre la gondole dansante et le marbre retentissant. Et ainsi les promenades, même rien que pour aller faire des visites ou des courses, étaient triples et uniques dans cette Venise où les simples allées et venues mondaines prennent en même temps la forme et le charme d'une visite à un musée et d'une bordée en mer.

Plusieurs des palais du Grand Canal étaient transformés en hôtels, et, par goût du changement ou par amabilité pour Mme Sazerat que nous avions retrouvée — la connaissance imprévue et inopportune qu'on rencontre chaque fois qu'on voyage — et que maman avait invitée, nous voulûmes un soir essayer de dîner dans un hôtel qui n'était pas le nôtre et où l'on prétendait que la cuisine était meilleure. Tandis que ma mère payait le gondolier et entrait avec Mme Sazerat dans le salon qu'elle avait retenu, je voulus jeter un coup d'œil sur la grande salle du restaurant aux beaux piliers de marbre et jadis couverte tout entière de fresques, depuis mal restaurées.

Deux garçons causaient en un italien que je traduis :

« Est-ce que les vieux mangent dans leur chambre ? Ils ne préviennent jamais. C'est assommant, je ne sais jamais si je dois garder leur table (« nonso se bisogna conservar loro la tavola »). Et puis, tant pis s'ils descendent et qu'ils la trouvent prise ! Je ne comprends pas qu'on reçoive des forestieri comme ça dans un hôtel aussi chic. C'est pas le monde d'ici. »

Malgré son dédain, le garçon aurait voulu savoir ce qu'il devait décider relativement à la table, et il allait faire demander au liftier de monter s'informer à l'étage, quand, avant qu'il en eût le temps, la réponse lui fut donnée : il venait d'apercevoir la vieille dame qui entrait. Je n'eus pas de peine, malgré l'air de tristesse et de fatigue que donne l'appesantissement des années et malgré une sorte d'eczéma, de lèpre rouge qui couvrait sa figure, à reconnaître sous son bonnet, dans sa cotte noire faite chez W..., mais, pour les profanes, pareille à celle d'une vieille concierge, la marquise de Villeparisis. Le hasard fit que l'endroit où j'étais, debout, en train d'examiner les vestiges d'une fresque, se trouvait, le long des belles parois de marbre, exactement derrière la table où venait de s'asseoir Mme de Villeparisis.

« Alors M. de Villeparisis ne va pas tarder à descendre. Depuis un mois qu'ils sont ici ils n'ont mangé qu'une fois l'un sans l'autre, dit le garçon. »

Je me demandais quel était celui de ses parents avec lequel elle voyageait, et qu'on appelait M. de Villeparisis, quand je vis, au bout de quelques instants, s'avancer vers la table et s'asseoir à côté d'elle, son vieil amant, M. de Norpois.

Son grand âge avait affaibli la sonorité de sa voix, mais donné en revanche à son langage, jadis si plein de réserve, une véritable intempérance. Peut-être fallait-il en chercher la cause dans des ambitions qu'il sentait ne plus avoir grand temps pour réaliser et qui le remplissaient d'autant plus de véhémence et de fougue, peut-être dans le fait que, laissé à l'écart d'une politique où il brûlait de rentrer, il croyait, dans la naïveté de son désir, faire mettre à la retraite par les sanglantes critiques qu'il dirigeait contre eux, ceux qu'il se faisait fort de remplacer. Ainsi voit-on des politiciens assurés que le cabinet dont ils ne font pas partie n'en a pas pour trois jours. Il serait d'ailleurs exagéré de croire que M. de Norpois avait perdu entièrement les traditions du langage diplomatique. Dès qu'il était question de « grandes affaires » il se retrouvait, on va le voir, l'homme que nous avons connu, mais le reste du temps il s'épanchait sur l'un et sur l'autre avec cette violence sénile de certains octogénaires qui les jette sur des femmes à qui ils ne peuvent plus faire grand mal.

Mme de Villeparisis garda, pendant quelques minutes, le silence d'une vieille femme à qui la fatigue de la vieillesse a rendu difficile de remonter du **ressouvenir** du passé au présent. Puis, dans ces questions toutes pratiques où s'empreint le prolongement d'un mutuel amour :

« Etes-vous passé chez Salviati ?

— Oui.

— Enverront-ils demain ?

— J'ai rapporté moi-même la coupe. Je vous la montrerai après le dîner. Voyons le menu.

— Avez-vous donné l'ordre de bourse pour mes Suez ?

— Non, l'attention de la bourse est retenue en ce moment par les valeurs de pétrole. Mais il n'y a pas lieu de se presser étant donné les excellentes dispositions du marché. Voilà le menu. Il y a comme entrée des rougets. Voulez-vous que nous en prenions ?

— Moi, oui, mais vous cela vous est défendu. Demandez à la place du risotto. Mais ils ne savent pas le faire.

— Cela ne fait rien. Garçon,. apportez-nous d'abord des rougets pour Madame et un risotto pour moi. »

Un nouveau et long silence.

« Tenez, je vous apporte des journaux, le *Corriere della Sera*, la *Gazzetta del Popolo*, etc. Est-ce que vous savez qu'il est fortement question d'un mouvement diplomatique dont le premier bouc émissaire serait Paléologue, notoirement insuffisant en Serbie. Il serait peut-être remplacé par Lozé et il y aurait à pourvoir au poste de Constantinople. Mais, s'empressa d'ajouter

avec âcreté M. de Norpois, pour une ambassade
d'une telle envergure et où il est de toute évidence
que la Grande-Bretagne devra toujours, quoi
qu'il arrive, avoir la première place à la table des
délibérations, il serait prudent de s'adresser à
des hommes d'expérience mieux outillés pour
résister aux embûches des ennemis de notre alliée
britannique que des diplomates de la jeune école
qui donneraient tête baissée dans le panneau. » La
volubilité irritée avec laquelle M. de Norpois
prononça ces dernières paroles venait surtout de
ce que les journaux, au lieu de prononcer son nom
comme il leur avait recommandé de le faire,
donnaient comme « grand favori » un jeune
ministre des affaires étrangères. « Dieu sait si les
hommes d'âge sont éloignés de se mettre, à la suite
de je ne sais quelles manœuvres tortueuses, aux
lieu et place de plus ou moins incapables recrues.
J'en ai beaucoup connu de tous ces prétendus
diplomates de la méthode empirique qui mettaient
tout leur espoir dans un ballon d'essai que je ne
tardais pas à dégonfler. Il est hors de doute, si
le gouvernement a le manque de sagesse de remettre les rênes de l'Etat en des mains turbu-
lentes, qu'à l'appel du devoir, un conscrit répondra
toujours présent. Mais qui sait (et M. de Norpois
avait l'air de très bien savoir de qui il parlait)
s'il n'en serait pas de même le jour où l'on irait
chercher quelque vétéran plein de savoir et
d'adresse. A mon sens, chacun peut avoir sa
manière de voir, le poste de Constantinople ne

devrait être accepté qu'après un règlement de
nos difficultés pendantes avec l'Allemagne. Nous
ne devons rien à personne, et il est inadmissible
que tous les six mois on vienne nous réclamer par
des manœuvres dolosives et à notre corps défen-
dant, je ne sais quel quitus, toujours mis en avant
par une presse de sportulaires. Il faut que cela
finisse, et naturellement un homme de haute
valeur et qui a fait ses preuves, un homme qui
aurait si je puis dire l'oreille de l'empereur,
jouirait de plus d'autorité que quiconque pour
mettre le point final au conflit. »

Un monsieur qui finissait de dîner salua M. de
Norpois.

« Ah ! mais c'est le prince Foggi, dit le marquis.

— Ah ! je ne sais pas au juste qui vous voulez
dire, soupira Mme de Villeparisis.

— Mais parfaitement si. C'est le prince Odon.
C'est le propre beau-frère de votre cousine Dou-
deauville. Vous vous rappelez bien que j'ai chassé
avec lui à Bonnétable ?

— Ah ! Odon, c'est celui qui faisait de la peinture ?

— Mais pas du tout, c'est celui qui a épousé
la sœur du grand-duc N... »

M. de Norpois disait tout cela sur le ton assez
désagréable d'un professeur mécontent de son
élève et, de ses yeux bleus, regardait fixement
Mme de Villeparisis.

Quand le prince eut fini son café et quitta sa

table, M. de Norpois se leva, marcha avec empresse-
ment vers lui et d'un geste majestueux, il
s'écarta, et, s'effaçant lui-même, le présenta à
Mme de Villeparisis. Et pendant les quelques
minutes que le prince demeura debout auprès
d'eux, M. de Norpois ne cessa un instant de sur-
veiller Mme de Villeparisis de sa pupille bleue,
par complaisance ou sévérité de vieil amant, et
surtout dans la crainte qu'elle ne se livrât à un
des écarts de langage qu'il avait goûtés, mais
qu'il redoutait. Dès qu'elle disait au prince quelque
chose d'inexact il rectifiait le propos et fixait les
yeux de la marquise accablée et docile, avec l'intensité continue d'un magnétiseur.

Un garçon vint me dire que ma mère m'attendait, je la rejoignis et m'excusai auprès de
Mme Sazerat en disant que cela m'avait amusé
de voir Mme de Villeparisis. A ce nom, Mme Sazerat pâlit et sembla près de s'évanouir. Cherchant
à se dominer :

« Mme de Villeparisis, Mlle de Bouillon ? me
dit-elle.

— Oui.

— Est-ce que je ne pourrais pas l'apercevoir
une seconde ? C'est le rêve de ma vie.

— Alors ne perdez pas trop de temps, Madame,
car elle ne tardera pas à avoir fini de dîner. Mais
comment peut-elle tant vous intéresser ?

— Mais Mme de Villeparisis, c'était en premières noces, la duchesse d'Havré, belle comme
un ange, méchante comme un démon, qui a rendu

fou mon père, l'a ruiné et abandonné aussitôt
après. Eh bien ! elle a beau avoir agi avec lui
comme la dernière des filles, avoir été cause que
j'ai dû, moi et les miens, vivre petitement à
Combray, maintenant que mon père est mort,
ma consolation c'est qu'il ait aimé la plus belle
femme de son époque, et comme je ne l'ai jamais
vue, malgré tout, ce sera une douceur... »

Je menai Mme Sazerat, tremblante d'émotion,
jusqu'au restaurant et je lui montrai Mme de
Villeparisis.

Mais comme les aveugles qui dirigent leurs
yeux ailleurs qu'où il faut, Mme Sazerat n'arrêta
pas ses regards à la table où dînait Mme de Villeparisis, et, cherchant un autre point de la salle :

— Mais elle doit être partie, je ne la vois pas
où vous me dites.

Et elle cherchait toujours, poursuivant la vision
détestée, adorée, qui habitait son imagination
depuis si longtemps.

— Mais si, à la seconde table.

— C'est que nous ne comptons pas à partir
du même point. Moi, comme je compte, la seconde
table, c'est une table où il y a seulement, à côté
d'un vieux monsieur, une petite bossue, rou-
geaude, affreuse.

— C'est elle ! »

Cependant, Mme de Villeparisis ayant demandé
à M. de Norpois de faire asseoir le prince Foggi,
une aimable conversation suivit entre eux trois,
on parla politique, le prince déclara qu'il était

indifférent au sort du cabinet, et qu'il resterait encore une bonne semaine à Venise. Il espérait que d'ici là toutè crise ministérielle serait évitée. Le prince Foggi crut au premier instant que ces questions de politique n'intéressaient pas M. de Norpois, car celui-ci, qui jusque-là s'était exprimé avec tant de véhémence, s'était mis soudain à garder un silence presque angélique qui semblait ne pouvoir s'épanouir, si la voix revenait, qu'en un chant innocent et mélodieux de Mendelssohn ou de César Franck. Le prince pensait aussi que ce silence était dû à la réserve d'un Français qui devant un Italien ne veut pas parler des affaires de l'Italie. Or l'erreur du prince était complète. Le silence, l'air d'indifférence étaient restés chez M. de Norpois non la marque de la réserve mais le prélude coutumier d'une immixtion dans des affaires importantes. Le marquis n'ambitionnait rien moins, comme nous l'avons vu, que Constantinople, avec un règlement préalable des affaires allemandes, pour lequel il comptait forcer la main au cabinet de Rome. Le marquis jugeait en effet que de sa part un acte d'une portée internationale pouvait être le digne couronnement de sa carrière, peut-être même le commencement de nouveaux honneurs, de fonctions difficiles auxquelles il n'avait pas renoncé. Car la vieillesse nous rend d'abord incapables d'entreprendre mais non de désirer. Ce n'est que dans une troisième période que ceux qui vivent très vieux ont renoncé au désir, comme ils ont dû abandonner l'action.

Ils ne se présentent même plus à des élections
futiles où ils tentèrent si souvent de réussir, comme
celle de président de la République. Ils se con-
tentent de sortir, de manger, de lire les journaux,
ils se survivent à eux-mêmes.

Le prince, pour mettre le marquis à l'aise et lui
montrer qu'il le considérait comme un compa-
triote, se mit à parler des successeurs possibles
du président du Conseil actuel. Successeur dont
la tâche serait difficile. Quand le prince Foggi eut
cité plus de vingt noms d'hommes politiques qui
lui semblaient ministrables, noms que l'ancien
ambassadeur écouta les paupières à demi abaissées
sur ses yeux bleus et sans faire un mouvement,
M. de Norpois rompit enfin le silence pour prononcer ces mots qui devaient pendant vingt ans
alimenter la conversation des chancelleries, et
ensuite, quand on les eut oubliés, être exhumés
par quelque personnalité signant « un Renseigné »
ou « Testis » ou « Machiavel » dans un journal
où l'oubli même où ils étaient tombés leur vaut
le bénéfice de faire à nouveau sensation. Donc
le prince Foggi venait de citer plus de vingt
noms devant le diplomate aussi immobile et muet
qu'un homme sourd quand M. de Norpois leva légèrement la tête, et, dans la forme où avaient été
rédigées ses interventions diplomatiques les plus
grosses de conséquence, quoique cette fois-ci avec
une audace accrue et une brièveté moindre
demanda finement : « Et est-ce que personne n'a
prononcé le nom de M. Giolitti? » A ces mots les

écailles du prince Foggi tombèrent ; il entendit un murmure céleste. Puis aussitôt M. de Norpois se mit à parler de choses et autres, ne craignit pas de faire quelque bruit, comme, lorsque la dernière note d'un sublime aria de Bach est terminée, on ne craint plus de parler à haute voix, d'aller chercher ses vêtements au vestiaire. Il rendit même la cassure plus nette en priant le prince de mettre ses hommages aux pieds de Leurs Majestés le Roi et la Reine quand il aurait l'occasion de les voir, phrase de départ qui correspondait à ce qu'est à la fin d'un concert : ces mots hurlés « Le cocher Auguste de la rue de Belloy. » Nous ignorons quelles furent exactement les impressions du prince Foggi. Il était assurément ravi d'avoir entendu ce chef-d'œuvre : « Et M. Giolitti est-ce que personne n'a prononcé son nom ? » Car M. de Norpois, chez qui l'âge avait éteint ou désordonné les qualités les plus belles, en revanche avait perfectionné en vieillissant les « airs de bravoure », comme certains musiciens âgés, en déclin pour tout le reste, acquièrent jusqu'au dernier jour, pour la musique de chambre, une virtuosité parfaite qu'ils ne possédaient pas jusque-là.

Toujours est-il que le prince Foggi qui comptait passer quinze jours à Venise rentra à Rome le jour même et fut reçu quelques jours après en audience par le Roi au sujet de propriétés que, nous croyons l'avoir déjà dit, le prince possédait en Sicile. Le cabinet végéta plus longtemps qu'on

n'aurait cru. A sa chute, le roi consulta divers
hommes d'état sur le chef qu'il convenait de
donner au nouveau cabinet. Puis il fit appeler
M. Giolitti qui accepta. Trois mois après un
journal raconta l'entrevue du-prince Foggi avec
M. de Norpois. La conversation était rapportée
comme nous l'avons fait, avec la différence qu'au
lieu de dire : « M. de Norpois demanda finement »,
on lisait « dit avec ce fin et charmant sourire
qu'on lui connaît ». M. de Norpois jugea que
« finement » avait déjà une force explosive suffi-
sante pour un diplomate et que cette adjonction
était pour le moins intempestive. Il avait bien
demandé que le quai d'Orsay démentît officielle-
ment, mais le quai d'Orsay ne savait où donner
de la tête. En effet depuis que l'entrevue avait
été dévoilée, M. Barrère télégraphiait plusieurs
fois par heure avec Paris pour se plaindre qu'il y
eût un ambassadeur officieux au Quirinal et pour
rapporter le mécontentement que ce fait avait
produit dans l'Europe entière. Ce mécontentement n'existait pas, mais les divers ambassadeurs
étaient trop polis pour démentir M. Barrère leur
assurant que sûrement tout le monde était révolté.
M. Barrère n'écoutant que sa pensée prenait ce
silence courtois pour une adhésion. Aussitôt il
télégraphiait à Paris : « Je me suis entretenu une
heure durant avec le marquis Visconti-Venosta,
etc. » Ses secrétaires étaient sur les dents.

Pourtant M. de Norpois avait à sa dévotion
un très ancien journal français et qui même en

1870, quand il était ministre de France dans un pays allemand, lui avait rendu grand service. Ce journal était (surtout le premier article, non signé) admirablement rédigé. Mais il intéressait mille fois davantage quand ce premier article (dit premier-Paris dans ces temps lointains et appelé aujourd'hui on ne sait pourquoi « éditorial ») était au contraire mal tourné, avec des répétitions de mots infinies. Chacun sentait alors avec émotion que l'article avait été « inspiré ». Peut-être par M. de Norpois, peut-être par tel autre grand maître de l'heure. Pour donner une idée anticipée des événements d'Italie, montrons comment M. de Norpois se servit de ce journal en 1870, inutilement trouvera-t-on, puisque la guerre eut lieu tout de même, très efficacement, pensait M. de Norpois, dont l'axiome était qu'il faut avant tout préparer l'opinion. Ses articles où chaque mot était pesé, ressemblaient à ces notes optimistes que suit immédiatement la mort du malade. Par exemple, à la veille de la déclaration de guerre, en 1870, quand la mobilisation était presque achevée, M. de Norpois (restant dans l'ombre naturellement) avait cru devoir envoyer à ce journal fameux, l'éditorial suivant:

« L'opinion semble prévaloir dans les cercles autorisés, que depuis hier, dans le milieu de l'après-midi, la situation, sans avoir bien entendu un caractère alarmant, pourrait être envisagée comme sérieuse et même, par certains côtés, comme susceptible d'être considérée comme cri-

tique. M. le marquis de Norpois aurait eu plusieurs
entretiens avec le ministre de Prusse, afin d'examiner dans un esprit de fermeté et de conciliation,
et d'une façon tout à fait concrète, les différents
motifs de friction existants, si l'on peut parler ainsi.
La nouvelle n'a malheureusement pas été reçue
par nous à l'heure où nous mettons sous presse
que Leurs Excellences aient pu se mettre d'accord
sur une formule pouvant servir de base à un
instrument diplomatique. »

Dernière heure : « On a appris avec satisfaction
dans les cercles bien informés, qu'une légère
détente semble s'être produite dans les rapports
franco-prussiens. On attacherait une importance
toute particulière au fait que M. de Norpois
aurait rencontré « unter den Linden » le ministre
d'Angleterre avec qui il s'est entretenu une
vingtaine de minutes. Cette nouvelle est considérée comme satisfaisante. » (On avait ajouté entre
parenthèse après satisfaisante le mot allemand
équivalent : *befriedigend*). Et le lendemain on
lisait dans l'éditorial : « Il semblerait, malgré
toute la souplesse de M. de Norpois, à qui tout
le monde se plaît à rendre hommage pour l'habile
énergie avec laquelle il a su défendre les droits
imprescriptibles de la France, qu'une rupture n'a
plus pour ainsi dire presque aucune chance d'être
évitée. »

Le journal ne pouvait pas se dispenser de faire
suivre un pareil éditorial de quelques commentaires, envoyés bien entendu par M. de Norpois.

On a peut-être remarqué dans les pages précédentes que le « conditionnel » était une des formes grammaticales préférées de l'ambassadeur, dans la littérature diplomatique. (« On attacherait une importance particulière », pour « il paraît qu'on attache une importance particulière ».) Mais le présent de l'indicatif pris non pas dans son sens habituel mais dans celui de l'ancien optatif, n'était pas moins cher à M. de Norpois. Les commentaires qui suivaient l'éditorial étaient ceux-ci :

« Jamais le public n'a fait preuve d'un calme aussi admirable » (M. de Norpois aurait bien voulu que ce fût vrai, mais craignait tout le contraire). « Il est las des agitations stériles et a appris avec satisfaction, que le gouvernement de Sa Majesté prendrait ses responsabilités selon les éventualités qui pourraient se produire. Le public n'en demande « (optatif) » pas davantage. A son beau sang-froid qui est déjà un indice de succès, nous ajouterons encore une nouvelle bien faite pour rassurer l'opinion publique, s'il en était besoin. On assure en effet que M. de Norpois qui pour raison de santé devait depuis longtemps venir faire à Paris une petite cure, aurait quitté Berlin où il ne jugeait plus sa présence utile. *Dernière heure* : Sa Majesté l'Empereur a quitté ce matin Compiègne pour Paris afin de conférer avec le marquis de Norpois, le ministre de la guerre et le maréchal Bazaine en qui l'opinion publique a une confiance particulière. S. M. l'Empereur a décommandé le

dîner qu'il devait offrir à sa belle-sœur la duchesse
d'Albe. Cette mesure a produit partout, dès qu'elle
a été connue, une impression particulièrement
favorable. L'empereur a passé en revue les troupes
dont l'enthousiasme est indescriptible. Quelques
corps, sur un ordre de mobilisation lancé dès
l'arrivée des souverains à Paris, sont, à toute éven-
tualité, prêts à partir dans la direction du Rhin. »

* *
*

Parfois au crépuscule en rentrant à l'hôtel je
sentais que l'Albertine d'autrefois invisible à
moi-même était pourtant enfermée au fond de
moi comme aux plombs d'une Venise intérieure,
dont parfois un incident faisait glisser le cou-
vercle durci jusqu'à me donner une ouverture
sur ce passé.

Ainsi par exemple un soir une lettre de mon coulissier rouvrit un instant pour moi les portes de
la prison où Albertine était en moi vivante, mais
si loin, si profondément qu'elle me restait inaccessible. Depuis sa mort je ne m'étais plus occupé
des spéculations que j'avais faites afin d'avoir
plus d'argent pour elle. Or le temps avait passé ;
de grandes sagesses de l'époque précédente étaient
démenties par celle-ci, comme il était arrivé
autrefois de M. Thiers disant que les chemins
de fer ne pourraient jamais réussir. Les titres
dont M. de Norpois nous avait dit : « Leur revenu
n'est pas très élevé sans doute, mais du moins

le capital ne sera jamais déprécié », étaient le plus souvent ceux qui avaient le plus baissé. Il me fallait payer des différences considérables et d'un coup de tête je me décidai à tout vendre et me trouvai ne plus posséder que le cinquième à peine de ce que j'avais du vivant d'Albertine. On le sut à Combray dans ce qui restait de notre famille et de nos relations, et, comme on savait que je fréquentais le marquis de Saint-Loup et les Guermantes on se dit : « Voilà où mènent les idées de grandeur. » On y eût été bien étonné d'apprendre que c'était pour une jeune fille de condition aussi modeste qu'Albertine que j'avais fait ces spéculations. D'ailleurs dans cette vie de Combray où chacun est à jamais classé suivant les revenus qu'on lui connaît, comme dans une caste indienne, on n'eût pu se faire une idée de cette grande liberté qui régnait dans le monde des Guermantes où on n'attachait aucune importance à la fortune, et où la pauvreté était considérée comme aussi désagréable, mais nullement plus diminuante et n'affectant pas plus la situation sociale qu'une maladie d'estomac. Sans doute se figurait-on au contraire à Combray que Saint-Loup et M. de Guermantes devaient être des nobles ruinés, aux châteaux hypothéqués, à qui je prêtais de l'argent, tandis que si j'avais été ruiné ils eussent été les premiers à m'offrir vraiment de me venir en aide. Quant à ma ruine relative, j'en étais d'autant plus ennuyé que mes curiosités vénitiennes s'étaient concentrées depuis peu sur une jeune marchande de verrerie à la carnation de fleur qui fournissait aux yeux ravis toute une gamme de tons orangés et me donnait un tel désir de la revoir chaque jour que, sentant que nous quitterions bientôt Venise, ma mère et moi, j'étais résolu à tâcher de lui faire à Paris une situation quelconque qui me permît de ne pas me séparer d'elle. La beauté de ses dix-sept ans était si noble, si radieuse, que c'était un vrai Titien à acquérir avant de s'en aller. Et le peu qui me restait de fortune suffirait-il à la tenter assez pour qu'elle quittât son pays et vînt vivre à Paris pour moi seul? Mais comme je finissais la lettre du coulissier, une phrase où il disait : « Je soignerai vos reports » me rappela une expression presque aussi hypocritement professionnelle que la baigneuse de Balbec avait employée en parlant à Aimé d'Albertine : « C'est moi qui la soignais » avait-elle dit, et ces mots qui ne m'étaient jamais revenus à l'esprit firent jouer comme un Sésame les gonds du cachot. Mais au bout d'un instant ils se refermèrent sur l'emmurée — que je n'étais pas coupable de ne pas vouloir rejoindre, puisque je ne parvenais plus à la voir, à me la rappeler, et que les êtres n'existent pour nous que par l'idée que nous avons d'eux — que m'avait un instant rendue si touchante le délaissement que pourtant elle ignorait, que j'avais l'espace d'un éclair envié le temps déjà lointain où je souffrais nuit et jour du compagnonnage de son souvenir. Une autre fois à San Giorgio dei Schiavoni un aigle auprès d'un des apôtres et stylisé de la même façon réveilla le souvenir et presque la souffrance causée par les deux bagues dont Françoise m'avait découvert la similitude et dont je n'avais jamais su qui les avait données à Albertine. Un soir enfin une circonstance telle se produisit qu'il sembla que mon amour aurait dû renaître. Au moment où notre gondole s'arrêtait aux marches de l'hôtel, le portier me remit une dépêche que l'employé du télégraphe était déjà venu trois fois pour m'apporter, car à cause de l'inexactitude du nom du destinataire (que je compris pourtant à travers les déformations des employés italiens être le mien), on demandait un accusé de réception certifiant que le télégramme était bien pour moi. Je l'ouvris dès que je fus dans ma chambre, et, jetant un coup d'œil sur ce libellé rempli de mots mal transmis, je pus lire néanmoins : « Mon ami, vous me croyez morte, pardonnez-moi, je suis très vivante, je voudrais vous voir, vous parler mariage, quand revenez-vous ? Tendrement. Albertine. » Alors il se passa d'une façon inverse la même chose que pour ma grand'mère : quand j'avais appris en fait que ma grand'mère était morte, je n'avais d'abord eu aucun chagrin. Et je n'avais souffert effectivement de sa mort que quand des souvenirs involontaires l'avaient rendue vivante pour moi. Maintenant qu'Albertine dans ma pensée ne vivait plus pour moi, la nouvelle qu'elle était vivante ne me causa pas la joie que j'aurais cru. Albertine

n'avait été pour moi qu'un faisceau de pensées,
elle avait survécu à sa mort matérielle tant que
ces pensées vivaient en moi ; en revanche maintenant que ces pensées étaient mortes, Albertine
ne ressuscitait nullement pour moi, avec son
corps. Et en m'apercevant que je n'avais pas de
joie qu'elle fût vivante, que je ne l'aimais plus,
j'aurais dû être plus bouleversé que quelqu'un
qui se regardant dans une glace, après des mois
de voyage, ou de maladie, s'aperçoit qu'il a les
cheveux blancs et une figure nouvelle d'homme
mûr ou de vieillard. Cela bouleverse parce que
cela veut dire : l'homme que j'étais, le jeune
homme blond n'existe plus, je suis un autre. Or
l'impression que j'éprouvais ne prouvait-elle pas
un changement aussi profond, une mort aussi
totale du moi ancien et la substitution aussi complète d'un moi nouveau à ce moi ancien, que
la vue d'un visage ridé surmonté d'une perruque
blanche remplaçant le visage de jadis ? Mais on
ne s'afflige pas plus d'être devenu un autre, les
années ayant passé et dans l'ordre de la succession des temps, qu'on ne s'afflige à une même
époque d'être tour à tour les êtres contradic-
toires, le méchant, le sensible, le délicat, le mufle,
le désintéressé, l'ambitieux qu'on est tour à tour
chaque journée. Et la raison pour laquelle on ne
s'en afflige pas est la même, c'est que le moi
éclipsé — momentanément dans le dernier cas
et quand il s'agit du caractère, pour toujours
dans le premier cas et quand il s'agit des pas-

sions — n'est pas là pour déplorer l'autre, l'autre qui est à ce moment-là, ou désormais, tout vous ; le mufle sourit de sa muflerie, car il est le mufle et l'oublieux ne s'attriste pas de son manque de mémoire, précisément parce qu'il a oublié.

J'aurais été incapable de ressusciter Albertine parce que je l'étais de me ressusciter moi-même, de ressusciter mon moi d'alors. La vie selon son habitude qui est, par des travaux incessants d'infiniment petits, de changer la face du monde ne m'avait pas dit au lendemain de la mort d'Albertine : « Sois un autre », mais, par des changements trop imperceptibles pour me permettre de me rendre compte du fait même du changement, avait presque tout renouvelé en moi, de sorte que ma pensée était déjà habituée à son nouveau maître — mon nouveau moi — quand elle s'aperçut qu'il était changé ; c'était à celui-ci qu'elle tenait. Ma tendresse pour Albertine, ma jalousie tenaient, on l'a vu, à l'irradiation par association d'idées de certaines impressions douces ou douloureuses, au souvenir de Mlle Vinteuil à Montjouvain, aux doux baisers du soir qu'Albertine me donnait dans le cou. Mais au fur et à mesure que ces impressions s'étaient affaiblies, l'immense champ d'impressions qu'elles coloraient d'une teinte angoissante ou douce avait repris des tons neutres. Une fois que l'oubli se fut emparé de quelques points dominants de souffrance et de plaisir, la résistance de mon amour était vaincue, je n'aimais plus Albertine.

J'essayais de me la rappeler. J'avais eu un juste pressentiment, quand, deux jours après le départ d'Albertine j'avais été épouvanté d'avoir pu vivre quarante-huit heures sans elle. Il en avait été de même lorsque j'avais écrit autrefois à Gilberte en me disant : si cela continue deux ans, je ne l'aimerai plus. Et si, quand Swann m'avait demandé de revoir Gilberte, cela m'avait paru l'incommodité d'accueillir une morte, pour Albertine la mort — ou ce que j'avais cru la mort — avait fait la même œuvre que pour Gilberte la rupture prolongée. La mort n'agit que comme l'absence. Le monstre à l'apparition duquel mon amour avait frissonné, l'oubli, avait bien, comme je l'avais cru, fini par le dévorer. Non seulement cette nouvelle qu'elle était vivante ne réveilla pas mon amour, non seulement elle me permit de constater combien était déjà avancé mon retour vers l'indifférence, mais elle lui fit instantanément subir une accélération si brusque que je me demandai rétrospectivement si jadis la nouvelle contraire, celle de la mort d'Albertine, n'avait pas inversement, en parachevant l'œuvre de son départ, exalté mon amour et retardé son déclin. Et maintenant que la savoir vivante et pouvoir être réuni à elle me la rendait tout d'un coup si peu précieuse, je me demandais si les insinuations de Françoise, la rupture elle-même, et jusqu'à la mort (imaginaire, mais crue réelle) n'avaient pas prolongé mon amour, tant les efforts des tiers et même du destin, nous séparant d'une femme, ne font que nous attacher à elle. Maintenant c'était le contraire qui se produisait. D'ailleurs j'essayai de me la rappeler et peut-être parce que je n'avais plus qu'un signe à faire pour l'avoir à moi, le souvenir qui me vint fut celui d'une fille fort grosse, hommasse, dans le visage fané de laquelle saillait déjà, comme une graine, le profil de Mme Bontemps. Ce qu'elle avait pu faire avec Andrée ou d'autres ne m'intéressait plus. Je ne souffrais plus du mal que j'avais cru si longtemps inguérissable et au fond j'aurais pu le prévoir. Certes le regret d'une maîtresse, la jalousie survivante sont des maladies physiques au même titre que la tuberculose ou la leucémie. Pourtant entre les maux physiques il y a lieu de distinguer ceux qui sont causés par un agent purement physique, et ceux qui n'agissent sur le corps que par l'intermédiaire de l'intelligence. Si la partie de l'intelligence qui sert de lien de transmission est la mémoire, — c'est-à-dire si la cause est anéantie ou éloignée —, si cruelle que soit la souffrance, si profond que paraisse le trouble apporté dans l'organisme, il est bien rare, la pensée ayant un pouvoir de renouvellement ou plutôt une impuissance de conservation que n'ont pas les tissus, que le pronostic ne soit pas favorable. Au bout du même temps où un malade atteint du cancer sera mort, il est bien rare qu'un veuf, un père inconsolables ne soient pas guéris. Je l'étais. Est-ce pour cette fille que je revoyais en ce moment si bouffie et qui avait certainement vieilli comme avaient vieilli les filles qu'elle avait aimées, est-ce pour elle qu'il fallait renoncer à l'éclatante fille qui était mon souvenir d'hier, mon espoir de demain (à qui je ne pourrais rien donner non plus qu'à aucune autre, si j'épousais Albertine), renoncer à cette Albertine nouvelle non point « telle que l'ont vue les enfers » mais fidèle, et « même un peu farouche » ? C'était elle qui était maintenant ce qu'Albertine avait été autrefois : mon amour pour Albertine n'avait été qu'une forme passagère de ma dévotion à la jeunesse. Nous croyons aimer une jeune fille, et nous n'aimons hélas ! en elle que cette aurore dont son visage reflète momentanément la rougeur. La nuit passa. Au matin je rendis la dépêche au portier de l'hôtel en disant qu'on me l'avait remise par erreur et qu'elle n'était pas pour moi. Il me dit que maintenant qu'elle avait été ouverte il aurait des difficultés, qu'il valait mieux que je la gardasse ; je la remis dans ma poche, mais je me promis de faire comme si je ne l'avais jamais reçue. J'avais définitivement cessé d'aimer Albertine. De sorte que cet amour après s'être tellement écarté de ce que j'avais prévu, d'après mon amour pour Gilberte, après m'avoir fait faire un détour si long et si douloureux, finissait lui aussi, après y avoir fait exception, par rentrer tout comme mon amour pour Gilberte, dans la loi générale de l'oubli.

Mais alors je songeai : je tenais à Albertine plus qu'à moi-même ; je ne tiens plus à elle maintenant parce que pendant un certain temps j'ai cessé de la voir. Mais mon désir de ne pas être séparé de moi-même par la mort, de ressusciter après la mort, ce désir-là n'était pas comme le désir de ne jamais être séparé d'Albertine, il durait toujours. Cela tenait-il à ce que je me croyais plus précieux qu'elle, à ce que quand je l'aimais je m'aimais davantage ? Non, cela tenait à ce que cessant de la voir j'avais cessé de l'aimer, et que je n'avais pas cessé de m'aimer parce que mes liens quotidiens avec moi-même n'avaient pas été rompus comme l'avaient été ceux avec Albertine. Mais si ceux avec mon corps, avec moi-même l'étaient aussi... ? Certes il en serait de même. Notre amour de la vie n'est qu'une vieille liaison dont nous ne savons pas nous débarrasser. Sa force est dans sa permanence. Mais la mort qui la rompt nous guérira du désir de l'immortalité.

Après le déjeuner, quand je n'allais pas errer seul dans Venise, je montais me préparer dans ma chambre pour sortir avec ma mère. Aux brusques à-coups des coudes du mur qui lui faisaient rentrer ses angles, je sentais les restrictions édictées par la mer, la parcimonie du sol. Et en descendant pour rejoindre maman qui m'attendait, à cette heure où à Combray il faisait si bon goûter le soleil tout proche, dans l'obscurité conservée par les volets clos, ici du haut en bas de l'escalier de marbre dont on ne savait pas plus que dans une peinture de la Renaissance, s'il était dressé dans un palais ou

sur une galère, la même fraîcheur et le même
sentiment de la splendeur du dehors étaient donnés
grâce au velum qui se mouvait devant les fenêtres
perpétuellement ouvertes et par lesquelles, dans
un incessant courant d'air, l'ombre tiède et le
soleil verdâtre filaient comme sur une surface
flottante et évoquaient le voisinage mobile,
l'illumination, la miroitante instabilité du flot.

Le soir, je sortais seul, au milieu de la ville
enchantée où je me trouvais au milieu de quar-
tiers nouveaux comme un personnage des Mille
et une Nuits. Il était bien rare que je ne décou-
vrisse pas au hasard de mes promenades quelque
place inconnue et spacieuse dont aucun guide,
aucun voyageur ne m'avait parlé.

Je m'étais engagé dans un réseau de petites
ruelles, de calli divisant en tous sens, de leurs
rainures, le morceau de Venise découpé entre
un canal et la lagune, comme s'il avait cristallisé
suivant ces formes innombrables, ténues et minu-
tieuses. Tout à coup, au bout d'une de ces petites
rues, il semblait que dans la matière cristallisée
se fût produite une distension. Un vaste et somptueux campo à qui je n'eusse assurément pas, dans
ce réseau de petites rues, pu deviner cette importance, ni même trouver une place, s'étendait
devant moi entouré de charmants palais pâles de
clair de lune. C'était un de ces ensembles archi-
tecturaux vers lesquels, dans une autre ville, les
rues se dirigent, vous conduisent et le désignent.
Ici, il semblait exprès caché dans un entrecroi-

sement de ruelles, comme ces palais de contes orientaux où on mène la nuit un personnage qui, ramené chez lui avant le jour, ne doit pas pouvoir retrouver la demeure magique où il finit par croire qu'il n'est allé qu'en rêve.

Le lendemain je partais à la recherche de ma belle place nocturne, je suivais des calli qui se ressemblaient toutes et se refusaient à me donner le moindre renseignement, sauf pour m'égarer mieux. Parfois un vague indice que je croyais reconnaître me faisait supposer que j'allais voir apparaître, dans sa claustration, sa solitude et son silence, la belle place exilée. A ce moment, quelque mauvais génie qui avait pris l'apparence d'une nouvelle calle me faisait rebrousser chemin malgré moi, et je me trouvais brusquement ramené au Grand Canal. Et comme il n'y a pas, entre le souvenir d'un rêve et le souvenir d'une réalité de grandes différences, je finissais par me demander si ce n'était pas pendant mon sommeil que s'était produit dans un sombre morceau de cristallisation vénitienne cet étrange flottement qui offrait une vaste place, entourée de palais romantiques, à la méditation du clair de lune.

La veille de notre départ, nous voulûmes pousser jusqu'à Padoue où se trouvaient ces Vices et ces Vertus dont Swann m'avait donné les reproductions ; après avoir traversé en plein soleil le jardin de l'Arena, j'entrai dans la chapelle des Giotto où la voûte entière et les fonds des fresques sont si bleus qu'il semble que la radieuse

journée ait passé le seuil, elle aussi, avec le visiteur
et soit venue un instant mettre à l'ombre et au
frais son ciel pur, à peine un peu plus foncé
d'être débarrassé des dorures de la lumière, comme
en ces courts répits dont s'interrompent les plus
beaux jours, quand, sans qu'on ait vu aucun
nuage, le soleil ayant tourné son regard ailleurs
pour un moment, l'azur, plus doux encore,
s'assombrit. Dans ce ciel, sur la pierre bleuie, des
anges volaient avec une telle ardeur céleste, ou
au moins enfantine, qu'ils semblaient des volatiles
d'une espèce particulière ayant existé réellement,
ayant dû figurer dans l'histoire naturelle des
temps bibliques et évangéliques et qui ne manquent
pas de voler devant les saints quand ceux-ci se
promènent ; il y en a toujours quelques-uns de
lâchés au-dessus d'eux, et, comme ce sont des
créatures réelles et effectivement volantes, on les
voit s'élevant, décrivant des courbes, mettant la
plus grande aisance à exécuter des loopings,
fondant vers le sol la tête en bas à grand renfort
d'ailes qui leur permettent de se maintenir dans
des conditions contraires aux lois de la pesanteur,
et ils font beaucoup plutôt penser à une variété
d'oiseaux ou à de jeunes élèves de Garros s'exer-
çant au vol plané qu'aux anges de l'art de la
Renaissance et des époques suivantes, dont les
ailes ne sont plus que des emblèmes et dont le
maintien est habituellement le même que celui
de personnages célestes qui ne seraient pas ailés.

* *
*

Quand j'appris, le jour même où nous allions rentrer à Paris, que Mme Putbus et par conséquent sa femme de chambre, venaient d'arriver à Venise, je demandai à ma mère de remettre notre départ de quelques jours ; l'air qu'elle eut de ne pas prendre ma prière en considération ni même au sérieux, réveilla dans mes nerfs excités par le printemps vénitien ce vieux désir de résistance à un complot imaginaire tramé contre moi par mes parents (qui se figuraient que je serais bien forcé d'obéir), cette volonté de lutte, ce désir qui me poussait jadis à imposer brusquement ma volonté à ceux que j'aimais le plus, quitte à me conformer à la leur, après que j'avais réussi à les faire céder. Je dis à ma mère que je ne partirais pas, mais elle, croyant plus habile de ne pas avoir l'air de penser que je disais cela sérieusement ne me répondit même pas. Je repris qu'elle verrait bien si c'était sérieux ou non. Et quand fut venue l'heure où, suivie de toutes mes affaires, elle partit pour la gare, je me fis apporter une consommation sur la terrasse, devant le canal et m'y installai, regardant se coucher le soleil tandis que sur une barque arrêtée en face de l'hôtel un musicien chantait « sole mio ».

Le soleil continuait de descendre. Ma mère ne devait pas être loin de la gare. Bientôt, elle serait partie, je resterais seul à Venise, seul avec la

tristesse de la savoir peinée par moi, et sans sa
présence pour me consoler. L'heure du train
approchait. Ma solitude irrévocable était si pro-
chaine qu'elle me semblait déjà commencée et
totale. Car je me sentais seul. Les choses m'étaient
devenues étrangères. Je n'avais plus assez de
calme pour sortir de mon cœur palpitant et intro-
duire en elles quelque stabilité. La ville que j'avais
devant moi avait cessé d'être Venise. Sa personnalité, son nom, me semblaient comme des fic-
tions menteuses que je n'avais plus le courage d'in-
culquer aux pierres. Les palais m'apparaissaient
réduits à leurs simples parties, quantités de mar-
bres pareilles à toutes les autres, et l'eau comme
une combinaison d'hydrogène et d'oxygène, éternelle, aveugle, antérieure et extérieure à Venise,
ignorante des Doges et de Turner. Et cependant
ce lieu quelconque était étrange comme un lieu
où on vient d'arriver, qui ne vous connaît pas
encore — comme un lieu d'où l'on est parti et
qui vous a déjà oublié. Je ne pouvais plus rien
lui dire de moi, je ne pouvais rien laisser de moi
poser sur lui, il me laissait contracté, je n'étais
plus qu'un cœur qui battait, et qu'une attention
suivant anxieusement le développement de « sole
mio ». J'avais beau raccrocher désespérément ma
pensée à la belle coudée caractéristique du Rialto,
il m'apparaissait avec la médiocrité de l'évidence
comme un pont non seulement inférieur, mais
aussi étranger à l'idée que j'avais de lui, qu'un
acteur dont, malgré sa perruque blonde et son

vêtement noir, nous savons bien qu'en son essence il n'est pas Hamlet. Tels les palais, le canal, le Rialto, se trouvaient dévêtus de l'idée qui faisait leur individualité et dissous en leurs vulgaires éléments matériels. Mais en même temps ce lieu médiocre me semblait lointain. Dans le bassin de l'arsenal, à cause d'un élément scientifique lui aussi, la latitude, il y avait cette singularité des choses, qui, même semblables en apparence à celles de notre pays, se révèlent étrangères, en exil sous d'autres cieux ; je sentais que cet horizon si voisin que j'aurais pu atteindre en une heure, c'était une courbure de la terre tout autre que celle des mers de France, une courbure lointaine qui se trouvait, par l'artifice du voyage, amarrée près de moi ; si bien que ce bassin de l'arsenal à la fois insignifiant et lointain me remplissait de ce mélange de dégoût et d'effroi que j'avais éprouvé tout enfant la première fois que j'accompagnai ma mère aux bains Deligny ; en effet dans le site fantastique composé par une eau sombre que ne couvrait pas le ciel, ni le soleil et que cependant borné par des cabines on sentait communiquer avec d'invisibles profondeurs couvertes de corps humains en caleçon, je m'étais demandé si ces profondeurs, cachées aux mortels par des baraquements qui ne les laissaient pas soupçonner de la rue, n'étaient pas l'entrée des mers glaciales qui commençaient là, si les pôles n'y étaient pas compris et si cet étroit espace n'était pas précisément la mer libre du pôle.

Cette Venise sans sympathie pour moi où j'allais rester seul, ne me semblait pas moins isolée, moins irréelle, et c'était ma détresse que le chant de « sole mio », s'élevant comme une déploration de la Venise que j'avais connue, semblait prendre à témoin. Sans doute il aurait fallu cesser de l'écouter si j'avais voulu pouvoir rejoindre encore ma mère et prendre le train avec elle, il aurait fallu décider sans perdre une seconde que je partais, mais c'est justement ce que je ne pouvais pas ; je restais immobile, sans être capable non seulement de me lever, mais même de décider que je me lèverais.

Ma pensée, sans doute pour ne pas envisager une résolution à prendre, s'occupait tout entière à suivre le déroulement des phrases successives de « sole mio » en chantant mentalement avec le chanteur, à prévoir pour chacune d'elles l'élan qui allait l'emporter, à m'y laisser aller avec elle, avec elle aussi à retomber ensuite.

Sans doute ce chant insignifiant entendu cent fois ne m'intéressait nullement. Je ne pouvais faire plaisir à personne ni à moi-même en l'écoutant aussi religieusement jusqu'au bout. Enfin aucun des motifs, connus d'avance par moi, de cette vulgaire romance ne pouvait me fournir la résolution dont j'avais besoin ; bien plus, chacune de ces phrases, quand elle passait à son tour, devenait un obstacle à prendre efficacement cette résolution, ou plutôt elle m'obligeait à la résolution contraire de ne pas partir, car elle me faisait passer l'heure. Par là cette occupation sans plaisir en elle-même d'écouter « sole mio » se chargeait d'une tristesse profonde, presque désespérée. Je sentais bien qu'en réalité, c'était la résolution de ne pas partir que je prenais par le fait de rester là sans bouger ; mais me dire « Je ne pars pas », qui ne m'était pas possible sous cette forme directe, me le devenait sous cette autre : « Je vais entendre encore une phrase de « sole mio » ; mais la signification pratique de ce langage figuré ne m'échappait pas et, tout en me disant : « Je ne fais en somme qu'écouter une phrase de plus », je savais que cela voulait dire : « Je resterai seul à Venise. » Et c'est peut-être cette tristesse comme une sorte de froid engourdissant qui faisait le charme désespéré mais fascinateur de ce chant. Chaque note que lançait la voix du chanteur avec une force et une ostentation presque musculaires venait me frapper en plein cœur ; quand la phrase était consommée et que le morceau semblait fini, le chanteur n'en avait pas assez et reprenait plus haut comme s'il avait besoin de proclamer une fois de plus ma solitude et mon désespoir.

Ma mère devait être arrivée à la gare. Bientôt elle serait partie. J'étais étreint par l'angoisse que me causait, avec la vue du canal devenu tout petit depuis que l'âme de Venise s'en était échappée, de ce Rialto banal qui n'était plus le Rialto, ce chant de désespoir que devenait « sole mio » et qui, ainsi clamé devant les palais inconsistants,

achevait de les mettre en miettes et consommait
la ruine de Venise ; j'assistais à la lente réalisation
de mon malheur construit artistement, sans hâte,
note par note, par le chanteur que regardait avec
étonnement le soleil arrêté derrière Saint-Georges-
le-Majeur, si bien que cette lumière crépusculaire
devait faire à jamais dans ma mémoire avec le
frisson de mon émotion et la voix de bronze du chanteur, un alliage équivoque, immuable et poignant.

Ainsi restais-je immobile avec une volonté dis-
soute, sans décision apparente ; sans doute à ces
moments-là elle est déjà prise : nos amis eux-
mêmes peuvent souvent la prévoir. Mais nous,
nous ne le pouvons pas, sans quoi tant de souffrances nous seraient épargnées.

Mais enfin, d'antres plus obscurs que ceux d'où
s'élance la comète qu'on peut prédire, — grâce
à l'insoupçonnable puissance défensive de l'habitude invétérée, grâce aux réserves cachées que
par une impulsion subite elle jette au dernier
moment dans la mêlée, — mon action surgit enfin :
je pris mes jambes à mon cou et j'arrivai, les por-
tières déjà fermées, mais à temps pour retrouver
ma mère rouge d'émotion, se retenant pour ne
pas pleurer, car elle croyait que je ne viendrais
plus. Puis le train partit et nous vîmes Padoue et
Vérone venir au-devant de nous, nous dire adieu
presque jusqu'à la gare et, quand nous nous
fûmes éloignés, regagner, — elles qui ne partaient
pas et allaient reprendre leur vie, — l'une sa plaine,
l'autre sa colline.

Les heures passaient. Ma mère ne se pressait pas de lire deux lettres qu'elle tenait à la main et avait seulement ouvertes et tâchait que moi-même je ne tirasse pas tout de suite mon porte-feuille pour y prendre celle que le concierge de l'hôtel m'avait remise. Ma mère craignait toujours que je ne trouvasse les voyages trop longs, trop fatigants, et reculait le plus tard possible, pour m'occuper pendant les dernières heures, le moment où elle chercherait pour moi de nouvelles distractions, déballerait les œufs durs, me passerait les journaux, déferait le paquet de livres qu'elle avait achetés sans me le dire. Nous avions traversé Milan depuis longtemps lorsqu'elle se décida à lire la première des deux lettres. Je regardai d'abord ma mère qui la lisait avec étonnement, puis levait la tête, et ses yeux semblaient se poser tour à tour sur des souvenirs distincts, incompatibles, et qu'elle ne pouvait parvenir à rapprocher. Cependant j'avais reconnu l'écriture de Gilberte sur l'enveloppe que je venais de prendre dans mon portefeuille. Je l'ouvris. Gilberte m'annonçait son mariage avec Robert de Saint-Loup. Elle me disait qu'elle m'avait télégraphié à ce sujet à Venise et n'avait pas eu de réponse. Je me rappelai comme on m'avait dit que le service des télégraphes y était mal fait. Je n'avais jamais eu sa dépêche. Peut-être, ne voudrait-elle pas le croire. Tout d'un coup, je sentis dans mon cerveau un fait qui y était installé à l'état de souvenir, quitter sa place et la céder à un autre. La dépêche que j'avais reçue dernièrement et que j'avais cru d'Albertine était de Gilberte. Comme l'originalité assez factice de l'écriture de Gilberte consistait principalement, quand elle écrivait une ligne, à faire figurer dans la ligne supérieure les barres de T qui avaient l'air de souligner les mots, ou les points sur les I qui avaient l'air d'interrompre les phrases de la ligne d'au-dessus, et en revanche à intercaler dans la ligne d'au-dessous les queues et arabesques des mots qui leur étaient superposés, il était tout naturel que l'employé du télégraphe eût lu les boucles d'*s* ou de *z* de la ligne supérieure comme un « ine » finissant le mot de Gilberte. Le point sur l'*i* de Gilberte était monté au-dessus faire point de suspension. Quant à son *G*, il avait l'air d'un *A* gothique. Qu'en dehors de cela deux ou trois mots eussent été mal lus, pris les uns dans les autres (certains d'ailleurs m'avaient paru incompréhensibles) cela était suffisant pour expliquer les détails de mon erreur et n'était même pas nécessaire. Combien de lettres lit dans un mot une personne distraite et surtout prévenue, qui part de l'idée que la lettre est d'une certaine personne, combien de mots dans la phrase ? On devine en lisant, on crée ; tout part d'une erreur initiale ; celles qui suivent (et ce n'est pas seulement dans la lecture des lettres et des télégrammes, pas seulement dans toute lecture) si extraordinaires qu'elles puissent paraître à celui qui n'a pas le même point de départ, sont toutes naturelles. Une bonne partie de ce que nous croyons (et jusque dans les conclusions dernières c'est ainsi) avec un entêtement et une bonne foi égales, vient d'une première méprise sur les prémisses.

CHAPITRE IV

Nouvel aspect de Robert de Saint-Loup

« Oh ! c'est inouï, me dit ma mère. Écoute, on ne s'étonne plus de rien à mon âge, mais je t'assure qu'il n'y a rien de plus inattendu que la nouvelle que m'annonce cette lettre. » « Écoute bien, répondis-je, je ne sais pas ce que c'est, mais, si étonnant que cela puisse être, cela ne peut pas l'être autant que ce que m'apprend celle-ci. C'est un mariage. C'est Robert de Saint-Loup qui épouse Gilberte Swann. » « Ah ! me dit ma mère, alors c'est sans doute ce que m'annonce l'autre lettre, celle que je n'ai pas encore ouverte, car j'ai reconnu l'écriture de ton ami. » Et ma mère me sourit avec cette légère émotion dont, depuis qu'elle avait perdu sa mère, se revêtait pour elle tout événement, si mince qu'il fût, qui intéressait des créatures humaines capables de douleur, de souvenir, et ayant, elles aussi, leurs morts. Ainsi ma mère me sourit et me parla d'une voix douce, comme si elle eût craint, en traitant légèrement ce mariage, de méconnaître ce qu'il pouvait éveiller d'impressions mélancoliques chez la fille et la veuve de Swann, chez la mère de Robert prête à se séparer de son fils et auxquelles ma mère par bonté, par sympathie à cause de leur bonté pour moi, prêtait sa propre émotivité filiale, conjugale, et maternelle. « Avais-je raison de te dire que tu ne trouverais rien de plus étonnant ? » lui dis-je. « Hé bien si ! répondit-elle d'une voix douce, c'est moi qui détiens la nouvelle la plus extraordinaire, je ne te dirai pas la plus grande, la plus petite, car cette citation de Sévigné faite par tous les gens qui ne savent que cela d'elle écœurait ta grand'mère autant que « la jolie chose que c'est de fumer. » Nous ne daignons pas ramasser ce Sévigné de tout le monde. Cette lettre-ci m'annonce le mariage du petit Cambremer. » « Tiens ! » dis-je avec indifférence « avec qui ? Mais en tous cas la personnalité du fiancé ôte déjà à ce mariage tout caractère sensationnel. » « A moins que celle de la fiancée ne le lui donne. » « Et qui est cette fiancée ? » « Ah ! si je te le dis tout de suite il n'y a pas de mérite, voyons cherche un peu », me dit ma mère, qui, voyant qu'on n'était pas encore à Turin, voulait me laisser un peu de pain sur la planche et une poire pour la soif. « Mais comment veux-tu que je sache ? Est-ce avec quelqu'un de brillant ? Si Legrandin et sa sœur sont contents, nous pouvons être sûrs que c'est un mariage brillant. » « Legrandin, je ne sais pas, mais la personne qui m'annonce le

mariage dit que Mme de Cambremer est ravie.
Je ne sais pas si tu appelleras cela un mariage
brillant. Moi, cela me fait l'effet d'un mariage du
temps où les rois épousaient les bergères, et
encore la bergère est-elle moins qu'une bergère,
mais d'ailleurs charmante. Cela eût stupéfié ta
grand'mère et ne lui eût pas déplu. » « Mais enfin
qui est-ce cette fiancée? » « C'est Mlle d'Oloron. »
« Cela m'a l'air immense et pas bergère du tout
mais je ne vois pas qui cela peut être. C'est un
titre qui était dans la famille des Guermantes. »
« Justement, et M. de Charlus l'a donné en l'adop-
tant à la nièce de Jupien. C'est elle qui épouse
le petit Cambremer. » « La nièce de Jupien! Ce
n'est pas possible! » « C'est la récompense de la
vertu. C'est un mariage à la fin d'un roman de
Mme Sand, dit ma mère. » « C'est le prix du vice,
c'est un mariage à la fin d'un roman de Balzac »,
pensai-je. « Après tout », dis-je à ma mère, « en
y réfléchissant, c'est assez naturel. Voilà les Cambremer ancrés dans ce clan des Guermantes où ils
n'espéraient pas pouvoir jamais planter leur
tente ; de plus la petite, adoptée par M. de Charlus, aura beaucoup d'argent, ce qui était indispensable depuis que les Cambremer ont perdu
le leur ; et en somme elle est la fille adoptive, et
selon les Cambremer, probablement la fille véritable — la fille naturelle — de quelqu'un qu'ils
considèrent comme un prince du sang. Un bâtard
de maison presque royale, cela a toujours été
considéré comme une alliance flatteuse par la

noblesse française et étrangère. Sans remonter même si loin, tout près de nous, pas plus tard qu'il y a six mois, tu te rappelles, le mariage de l'ami de Robert avec cette jeune fille dont la seule raison sociale était qu'on la supposait à tort ou à raison fille naturelle d'un prince souverain. » Ma mère, tout en maintenant le côté castes de Combray qui eût fait que ma grand'mère eût dû être scandalisée de ce mariage, voulant avant tout montrer le jugement de sa mère, ajouta : « D'ailleurs la petite est parfaite, et ta chère grand'mère n'aurait pas eu besoin de son immense bonté, de son indulgence infinie pour ne pas être sévère au choix du jeune Cambremer. Te souviens-tu combien elle avait trouvé cette petite distinguée, il y a bien longtemps, un jour qu'elle était entrée se faire recoudre sa jupe ? Ce n'était qu'une enfant alors. Et maintenant, bien que très montée en graine et vieille fille, elle est une autre femme, mille fois plus parfaite. Mais ta grand'mère d'un coup d'œil avait discerné tout cela. Elle avait trouvé la petite nièce d'un giletier plus « noble » que le duc de Guermantes. » Mais plus encore que louer grand'mère, il fallait à ma mère trouver « mieux » pour elle qu'elle ne fût plus là. C'était la suprême finalité de sa tendresse et comme si cela lui épargnait un dernier chagrin. « Et pourtant crois-tu tout de même, me dit ma mère, si le père Swann — que tu n'as pas connu il est vrai — avait pu penser qu'il aurait un jour un arrière-petit-fils ou une arrière-petite-fille où cou-

leraient confondus le sang de la mère Moser qui
disait : « Ponchour Mezieurs » et le sang du duc de
Guise ! » « Mais remarque, maman, que c'est
beaucoup plus étonnant que tu ne dis. Car les
Swann étaient des gens très bien, et avec la situation qu'avait leur fils, sa fille, s'il avait fait un
bon mariage, aurait pu en faire un très bien. Mais
tout était retombé à pied d'œuvre puisqu'il avait
épousé une cocotte. » « Oh ! une cocotte, tu·sais,
on était peut-être méchant, je n'ai jamais tout
cru. » « Si, une cocotte, je te ferai même des révé-
lations sensationnelles un autre jour. » Perdue
dans sa rêverie, ma mère me disait : « La fille d'une
femme que ton père n'aurait jamais permis que
je salue épousant le neveu de Mme de Villeparisis,
que ton père ne me permettait pas au commencement d'aller voir parce qu'il la trouvait d'un
monde trop brillant pour moi ! » Puis : « Le fils
de Mme de Cambremer pour qui Legrandin craignait tant d'avoir à nous donner une recomman-
dation parce qu'il ne nous trouvait pas assez chic,
épousant la nièce d'un homme qui n'aurait jamais
osé monter chez nous que par l'escalier de service !... Tout de même ta pauvre grand'mère
avait raison — tu te rappelles — quand elle disait
que la grande aristocratie faisait des choses qui
choqueraient de petits bourgeois et que la reine
Marie-Amélie lui était gâtée par les avances qu'elle
avait faites à la maîtresse du prince de Condé pour
qu'elle le fît tester en faveur du duc d'Aumale.
Tu te souviens, elle était choquée aussi que

depuis des siècles des filles de la maison de Gramont qui furent de véritables saintes aient porté le nom de Corisande en mémoire de la liaison d'une aïeule avec Henri IV. Ce sont des choses qui se font peut-être aussi dans la bourgeoisie, mais on les cache davantage. Crois-tu que cela l'eût amusée, ta pauvre grand'mère ! » disait maman avec tristesse, car les joies dont nous souffrions que ma grand'mère fût écartée, c'était les joies les plus simples de la vie, une nouvelle, une pièce, moins que cela une « imitation », qui l'eussent amusée, « crois-tu qu'elle eût été étonnée ! Je suis sûre pourtant que cela eût choqué ta grand'mère ces mariages, que cela lui eût été pénible, je crois qu'il vaut mieux qu'elle ne les ait pas sus », reprit ma mère, car en présence de tout événement, elle aimait à penser que ma grand'mère en eût reçu une impression toute particulière qui eût tenu à la merveilleuse singularité de sa nature et qui avait une importance extraordinaire. Devant tout événement triste qu'on n'eût pu prévoir autrefois, la disgrâce ou la ruine d'un de nos vieux amis, quelque calamité publique, une épidémie, une guerre, une révolution, ma mère se disait que peut-être valait-il mieux que grand'mère n'eût rien vu de tout cela, que cela lui eût fait trop de peine, que peut-être elle n'eût pu le supporter. Et quand il s'agissait d'une chose choquante comme celle-ci, ma mère, qui, par le mouvement du cœur inverse de celui des méchants qui se plaisent à supposer que ceux qu'ils n'aiment pas ont plus souffert qu'on ne croit, ne voulait pas dans sa tendresse pour ma grand'mère admettre que rien de triste, de diminuant eût pu lui arriver. Elle se figurait toujours ma grand'mère comme au-dessus des atteintes même de tout mal qui n'eût pas dû se produire, et se disait que la mort de ma grand'mère avait peut-être été en somme un bien en épargnant le spectacle trop laid du temps présent à cette nature si noble qui n'aurait pas su s'y résigner. Car l'optimisme est la philosophie du passé. Les événements qui ont eu lieu étant, entre tous ceux qui étaient possibles, les seuls que nous connaissions, le mal qu'ils ont causé nous semble inévitable, et le peu de bien qu'ils n'ont pas pu ne pas amener avec eux, c'est à eux que nous en faisons honneur, et nous nous imaginons que sans eux il ne se fût pas produit. Mais elle cherchait en même temps à mieux deviner ce que ma grand' mère eût éprouvé en apprenant ces nouvelles et à croire en même temps que c'était impossible à deviner pour nos esprits moins élevés que le sien. « Crois-tu ! me dit d'abord ma mère, combien ta pauvre grand'mère eût été étonnée ! » Et je sentais que ma mère souffrait de ne pas pouvoir le lui apprendre, regrettait que ma grand'mère ne pût le savoir, et trouvait quelque chose d'injuste à ce que la vie amenât au jour des faits que ma grand'mère n'aurait pu croire, rendant ainsi rétrospectivement la connaissance, que celle-ci avait emportée des êtres et de la société fausse,

161

et incomplète, le mariage de la petite Jupien avec
le neveu de Legrandin ayant été de nature à
modifier les notions générales de ma grand'mère,
autant que la nouvelle — si ma mère avait pu
la lui faire parvenir — qu'on était arrivé à résoudre le problème, cru par ma grand'mère
insoluble, de la navigation aérienne et de la télé-
graphie sans fil.

Le train entrait en gare de Paris que nous
parlions encore avec ma mère de ces deux nouvelles que, pour que la route ne me parût pas
trop longue, elle eût voulu réserver pour la seconde
partie du voyage et ne m'avait laissé apprendre
qu'après Milan. Et ma mère continuait quand
nous fûmes rentrés à la maison : « Crois-tu, ce
pauvre Swann qui désirait tant que sa Gilberte
fût reçue chez les Guermantes, serait-il assez
heureux s'il pouvait voir sa fille devenir une
Guermantes ! » « Sous un autre nom que le sien,
conduite à l'autel comme M{^lle} de Forcheville,
crois-tu qu'il en serait si heureux ? » « Ah ! c'est
vrai, je n'y pensais pas. C'est ce qui fait que
je ne peux pas me réjouir pour cette petite « rosse »,
cette pensée qu'elle a eu le cœur de quitter le
nom de son père qui était si bon pour elle. — Oui,
tu as raison, tout compte fait, il est peut-être
mieux qu'il ne l'ait pas su. » Tant pour les
morts que pour les vivants, on ne peut savoir si
une chose leur ferait plus de joie ou plus de peine.
« Il paraît que les Saint-Loup vivront à Tansonville. Le père Swann qui désirait tant montrer

son étang à ton pauvre grand-père aurait-il jamais pu supposer que le duc de Guermantes le verrait souvent, surtout s'il avait su le mariage de son fils ? Enfin toi qui as tant parlé à Saint-Loup des épines roses, des lilas et des iris de Tansonville, il te comprendra mieux. C'est lui qui les possèdera. » Ainsi se déroulait dans notre salle à manger, sous la lumière de la lampe dont elles sont amies, une de ces causeries où la sagesse non des nations mais des familles, s'emparant de quelque événement, mort, fiançailles, héritage, ruine, et le glissant sous le verre grossissant de la mémoire, lui donne tout son relief, dissocie, recule une surface, et situe en perspective à différents points de l'espace et du temps ce qui, pour ceux qui n'ont pas vécu cette époque, semble amalgamé sur une même surface, les noms des décédés, les adresses successives, les origines de la fortune et ses changements, les mutations de propriété. Cette sagesse-là n'est-elle pas inspirée par la Muse qu'il convient de méconnaître le plus longtemps possible, si l'on veut garder quelque fraîcheur d'impressions et quelque vertu créatrice, mais que ceux-là même qui l'ont ignorée rencontrent au soir de leur vie dans la nef de la vieille église provinciale, à l'heure où tout à coup ils se sentent moins sensibles à la beauté éternelle exprimée par les sculptures de l'autel qu'à la conception des fortunes diverses qu'elles subirent, passant dans une illustre collection particulière, dans une chapelle, de là dans un musée, puis ayant fait retour à l'église, ou qu'à sentir, quand ils y foulent un pavé presque pensant, qu'il recouvre la dernière poussière d'Arnault ou de Pascal, ou tout simplement qu'à déchiffrer, imaginant peut-être l'image d'une fraîche paroissienne, sur la plaque de cuivre du prie-Dieu de bois, les noms des filles du hobereau ou du notable. La Muse qui a recueilli tout ce que les muses plus hautes de la philosophie et de l'art ont rejeté, tout ce qui n'est pas fondé en vérité, tout ce qui n'est que contingent, mais révèle aussi d'autres lois, c'est l'Histoire.

Ce que je devais apprendre par la suite — car je n'avais pu assister à tout cela de Venise — c'est que Mlle de Forcheville avait été demandée d'abord par le prince de Silistrie, cependant que Saint-Loup cherchait à épouser Mlle d'Entragues, fille du duc de Luxembourg. Voici ce qui s'était passé. Mlle de Forcheville ayant cent millions, Mme de Marsantes avait pensé que c'était un excellent mariage pour son fils. Elle eut le tort de dire que cette jeune fille était charmante, qu'elle ignorait absolument si elle était riche ou pauvre, qu'elle ne voulait pas le savoir mais que même sans dot ce serait une chance pour le jeune homme le plus difficile d'avoir une femme pareille. C'était beaucoup d'audace pour une femme, tentée seulement par les cent millions qui lui fermaient les yeux sur le reste. Aussitôt on comprit qu'elle y pensait pour son fils. La princesse de Silistrie jeta partout les hauts cris, se répandit sur les grandeurs de Saint-Loup, et clama que si

Saint-Loup épousait la fille d'Odette et d'un juif, il n'y avait plus de faubourg Saint-Germain. Mme de Marsantes, si sûre d'elle-même qu'elle fût, n'osa pas pousser alors plus loin et se retira devant les cris de la princesse de Silistrie, qui fit aussitôt faire la demande pour son propre fils. Elle n'avait crié qu'afin de se réserver Gilberte. Cependant Mme de Marsantes ne voulant pas rester sur un échec s'était aussitôt tournée vers Mlle d'Entragues, fille du duc de Luxembourg. N'ayant que vingt millions, celle-ci lui convenait moins, mais elle dit à tout le monde qu'un Saint-Loup ne pouvait épouser une Mlle Swann (il n'était même plus question de Forcheville). Quelque temps après, quelqu'un disant étourdiment que le duc de Châtellerault pensait à épouser Mlle d'Entragues, Mme de Marsantes qui était pointilleuse plus que personne le prit de haut, changea ses batteries, revint à Gilberte, fit faire la demande pour Saint-Loup, et les fiançailles eurent lieu immédiatement. Ces fiançailles excitèrent de vifs commentaires dans les mondes les plus différents. D'anciennes amies de ma mère, plus ou moins de Combray, vinrent la voir pour lui parler du mariage de Gilberte, lequel ne les éblouissait nullement. « Vous savez ce que c'est que Mlle de Forcheville, c'est tout simplement Mlle Swann. Et le témoin de son mariage, le « Baron » de Charlus, comme il se fait appeler, c'est ce vieux qui entretenait déjà la mère autrefois au vu et au su de Swann qui y trouvait son intérêt. » « Mais qu'est-ce que vous dites ? » protestait ma mère, « Swann d'abord était extrêmement riche. » « Il faut croire qu'il ne l'était pas tant que ça pour avoir besoin de l'argent des autres. Mais qu'est-ce qu'elle a donc, cette femme-là, pour tenir ainsi ses anciens amants ? Elle a trouvé le moyen de se faire épouser par le troisième et elle retire à moitié de la tombe le deuxième pour qu'il serve de témoin à la fille qu'elle a eue du premier ou d'un autre, car comment se reconnaître dans la quantité ? elle n'en sait plus rien elle-même ! Je dis le troisième, c'est le trois centième qu'il faudrait dire. Du reste vous savez que si elle n'est pas plus Forcheville que vous et moi, cela va bien avec le mari qui naturellement n'est pas noble. Vous pensez bien qu'il n'y a qu'un aventurier pour épouser cette fille-là. Il parait que c'est un Monsieur Dupont ou Durand quelconque. S'il n'y avait pas maintenant un maire radical à Combray, qui ne salue même pas le curé, j'aurais su le fin de la chose. Parce que, vous comprenez bien, quand on a publié les bans, il a bien fallu dire le vrai nom. C'est très joli pour les journaux ou pour le papetier qui envoie les lettres de faire-part de se faire appeler le marquis de Saint-Loup. Ça ne fait mal à personne, et si ça peut leur faire plaisir à ces bonnes gens, ce n'est pas moi qui y trouverai à redire ! en quoi ça peut-il me gêner ? Comme je ne fréquenterai jamais la fille d'une femme qui a fait parler d'elle, elle peut bien être marquise long comme le bras pour ses domestiques. Mais dans les actes de l'état civil ce n'est pas la même chose. Ah ! si mon cousin Sazerat était encore premier adjoint, je lui aurais écrit, à moi il m'aurait dit sous quel nom il avait fait faire les publications. »

D'autres amies de ma mère qui avaient vu Saint-Loup à la maison vinrent à son « jour » et s'informèrent si le fiancé était bien celui qui était mon ami. Certaines personnes allaient jusqu'à prétendre, en ce qui concernait l'autre mariage, qu'il ne s'agissait pas des Cambremer Legrandin. On le tenait de bonne source, car la marquise, née Legrandin, l'avait démenti la veille même du jour où les fiançailles furent publiées. Je me demandais de mon côté pourquoi M. de Charlus d'une part, Saint-Loup de l'autre, lesquels avaient eu l'occasion de m'écrire peu auparavant, m'avaient parlé de projets amicaux et de voyages, dont la réalisation eût dû exclure la possibilité de ces cérémonies, et ne m'avaient rien dit. J'en concluais, sans songer au secret que l'on garde jusqu'à la fin sur ces sortes de choses, que j'étais moins leur ami que je n'avais cru, ce qui, pour ce qui concernait Saint-Loup, me peinait. Aussi pourquoi, ayant remarqué que l'amabilité, le côté plain-pied, « pair à compagnon » de l'aristocratie était une comédie, m'étonnais-je d'en être excepté ? Dans la maison de femmes — où on procurait de plus en plus des hommes — où M. de Charlus avait surpris Morel, et où la « sous-maîtresse », grande lectrice du *Gaulois*, commen-

tait les nouvelles mondaines, cette patronne parlant d'un gros Monsieur qui venait chez elle, sans
arrêter, boire du champagne avec des jeunes gens,
parce que déjà très gros il voulait devenir assez
obèse pour être certain de ne pas être « pris »
si jamais il y avait une guerre, déclara : « Il paraît
que le petit Saint-Loup est « comme ça » et le
petit Cambremer aussi. Pauvres épouses ! — En
tous cas si vous connaissez ces fiancés, il faut
nous les envoyer, ils trouveront ici tout ce qu'ils
voudront, et il y a beaucoup d'argent à gagner
avec eux. » Sur quoi le gros Monsieur, bien qu'il
fût lui-même comme « ça » se récria, répliqua,
étant un peu snob, qu'il rencontrait souvent
Cambremer et Saint-Loup chez ses cousins d'Ar-
douvillers, et qu'ils étaient grands amateurs de
femmes et tout le contraire de « ça ». « Ah ! »
conclut la sous-maîtresse d'un ton sceptique, mais
ne possédant aucune preuve, et persuadée qu'en
notre siècle la perversité des mœurs le disputait
à l'absurdité calomniatrice des cancans. Certaines personnes que je ne vis pas m'écrivirent et
me demandèrent « ce que je pensais » de ces deux
mariages, absolument comme si elles eussent
ouvert une enquête sur la hauteur des chapeaux
des femmes au théâtre ou sur le roman psycho-
logique. Je n'eus pas le courage de répondre à
ces lettres. De ces deux mariages, je ne pensais
rien, mais j'éprouvais une immense tristesse,
comme quand deux parties de votre existence
passée, amarrées auprès de vous, et sur lesquelles

on fonde peut-être paresseusement au jour le jour, quelque espoir inavoué, s'éloignent définitivement, avec un claquement joyeux de flammes, pour des destinations étrangères comme deux vaisseaux. Pour les intéressés eux-mêmes, ils eurent à l'égard de leur propre mariage une opinion bien naturelle, puisqu'il s'agissait non des autres mais d'eux. Ils n'avaient jamais eu assez de railleries pour ces « grands mariages » fondés sur une tare secrète. Et même les Cambremer, de maison si ancienne et de prétentions si modestes, eussent été les premiers à oublier Jupien et à se souvenir seulement des grandeurs inouïes de la maison d'Oloron, si une exception ne s'était produite en la personne qui eût dû être le plus flattée de ce mariage, la marquise de Cambremer-Legrandin. Mais, méchante de nature, elle faisait passer le plaisir d'humilier les siens avant celui de se glorifier elle-même. Aussi, n'aimant pas son fils, et ayant tôt fait de prendre en grippe sa future belle-fille, déclara-t-elle qu'il était malheureux pour un Cambremer d'épouser une personne qui sortait on ne savait d'où, en somme, et avait des dents si mal rangées. Quant au jeune Cambremer qui avait déjà une certaine propension à fréquenter des gens de lettres, on pense bien qu'une si brillante alliance n'eut pas pour effet de le rendre plus snob, mais que se sentant maintenant le successeur des ducs d'Oloron — « princes souverains » comme disaient les journaux — il était suffisamment persuadé de sa grandeur, pour pouvoir frayer avec n'importe qui. Et il délaissa la petite noblesse pour la bourgeoisie intelligente les jours où il ne se consacrait pas aux altesses. Les notes des journaux, surtout en ce qui concernait Saint-Loup, donnèrent à mon ami, dont les ancêtres royaux étaient énumérés, une grandeur nouvelle mais qui ne fit que m'attrister — comme s'il était devenu quelqu'un d'autre, le descendant de Robert le Fort, plutôt que l'ami qui s'était mis si peu de temps auparavant sur le strapontin de la voiture afin que je fusse mieux au fond ; le fait de n'avoir pas soupçonné d'avance son mariage avec Gilberte dont la réalité m'était apparue soudain dans une lettre, si différente de ce que je pouvais penser de chacun d'eux la veille, et qu'il ne m'eût pas averti me faisait souffrir, alors que j'eusse dû penser qu'il avait eu beaucoup à faire et que d'ailleurs dans le monde les mariages se font souvent ainsi tout d'un coup, fréquemment pour se substituer à une combinaison différente qui a échoué — inopinément — comme un précipité chimique. Et la tristesse, morne comme un déménagement, amère comme une jalousie, que me causèrent par la brusquerie, par l'accident de leur choc, ces deux mariages, fut si profonde, que plus tard on me la rappela, en m'en faisant absurdement gloire, comme ayant été tout le contraire de ce qu'elle fut au moment même, un double et même triple et quadruple pressentiment.

Les gens du monde qui n'avaient fait aucune

attention à Gilberte me dirent d'un air gravement
intéressé : « Ah ! c'est elle qui épouse le marquis
de Saint-Loup » et jetaient sur elle le regard
attentif des gens non seulement friands des événements de la vie parisienne, mais aussi qui
cherchent à s'instruire et croient à la profondeur
de leur regard. Ceux qui n'avaient au contraire
connu que Gilberte regardèrent Saint-Loup avec
une extrême attention, me demandèrent (souvent
des gens qui me connaissaient à peine) de les
présenter et revenaient de la présentation au
fiancé parés des joies de la fatuité en me disant :
« Il est très bien de sa personne ». Gilberte était
convaincue que le nom de marquis de Saint-Loup
était plus grand mille fois que celui de duc d'Orléans.

« Il paraît que c'est la princesse de Parme qui
a fait le mariage du petit Cambremer », me dit
maman. Et c'était vrai. La princesse de Parme
connaissait depuis longtemps par les œuvres d'une
part Legrandin qu'elle trouvait un homme distingué, de l'autre Mme de Cambremer qui changeait la conversation quand la princesse lui
demandait si elle était bien la sœur de Legrandin.
La princesse savait le regret qu'avait Mme de
Cambremer d'être restée à la porte de la haute
société aristocratique où personne ne la recevait.
Quand la princesse de Parme, qui s'était chargée
de trouver un parti pour Mlle d'Oloron, demanda
à M. de Charlus s'il savait qui était un homme
aimable et instruit qui s'appelait Legrandin de

Méséglise (c'était ainsi que se faisait appeler maintenant Legrandin), le baron répondit d'abord que non, puis tout d'un coup un souvenir lui revint d'un voyageur avec qui il avait fait connaissance en wagon, une nuit, et qui lui avait laissé sa carte. Il eut un vague sourire. « C'est peut-être le même », se dit-il. Quand il apprit qu'il s'agissait du fils de la sœur de Legrandin, il dit : « Tiens, ce serait vraiment extraordinaire ! S'il tenait de son oncle, après tout, ce ne serait pas pour m'effrayer, j'ai toujours dit qu'ils faisaient les meilleurs maris. » « Qui ils ? » demanda la princesse. « Oh ! Madame, je vous expliquerais bien si nous nous voyions plus souvent. Avec vous on peut causer. Votre Altesse est si intelligente », dit Charlus pris d'un besoin de confidence qui pourtant n'alla pas plus loin. Le nom de Cambremer lui plut, bien qu'il n'aimât pas les parents, mais il savait que c'était une des quatre baronnies de Bretagne et tout ce qu'il pouvait espérer de mieux pour sa fille adoptive ; c'était un nom vieux, respecté, avec de solides alliances dans sa province. Un prince eût été impossible et d'ailleurs peu désirable. C'était ce qu'il fallait. La princesse fit ensuite venir Legrandin. Il avait physiquement passablement changé, et assez à son avantage depuis quelque temps. Comme les femmes qui sacrifient résolument leur visage à la sveltesse de leur taille et ne quittent plus Marienbad, Legrandin avait pris l'aspect désinvolte d'un officier de cavalerie. Au fur et à mesure que M. de

Charlus s'était alourdi et abruti, Legrandin était
devenu plus élancé et rapide, effet contraire d'une
même cause. Cette vélocité avait d'ailleurs des
raisons psychologiques. Il avait l'habitude d'aller
dans certains mauvais lieux où il aimait qu'on
ne le vît ni entrer, ni sortir : il s'y engouffrait.
Legrandin s'était mis au tennis à cinquante-cinq
ans. Quand la princesse de Parme lui parla des
Guermantes, de Saint-Loup, il déclara qu'il les
avait toujours connus, faisant une espèce de
mélange entre le fait d'avoir toujours connu de
nom les châtelains de Guermantes et d'avoir
rencontré, chez ma tante, Swann, le père de la
future Mme de Saint-Loup, Swann dont Legrandin
d'ailleurs ne voulait à Combray fréquenter ni la
femme ni la fille. « J'ai même voyagé dernièrement avec le frère du duc de Guermantes, M. de
Charlus. Il a spontanément engagé la conversation,
ce qui est toujours bon signe, car cela prouve que
ce n'est ni un sot gourmé, ni un prétentieux. Oh !
je sais tout ce qu'on dit de lui. Mais je ne crois
jamais ces choses-là. D'ailleurs la vie privée des
autres ne me regarde pas. Il m'a fait l'effet d'un
cœur sensible, d'un homme bien cultivé. » Alors la
princesse de Parme parla de Mlle d'Oloron. Dans
le milieu des Guermantes on s'attendrissait sur la
noblesse de cœur de M. de Charlus qui, bon comme
il avait toujours été, faisait le bonheur d'une
jeune fille pauvre et charmante. Et le duc de
Guermantes souffrant de la réputation de son
frère laissait entendre que si beau que cela fût,

c'était fort naturel. « Je ne sais si je me fais bien entendre, tout est naturel dans l'affaire », disait-il maladroitement à force d'habileté. Mais son but était d'indiquer que la jeune fille était une enfant de son frère qu'il reconnaissait. Du même coup cela expliquait Jupien. La princesse de Parme insinua cette version pour montrer à Legrandin qu'en somme le jeune Cambremer épouserait quelque chose comme Mlle de Nantes, une de ces bâtardes de Louis XIV qui ne furent dédaignées ni par le duc d'Orléans, ni par le prince de Conti.

Ces deux mariages dont nous parlions déjà avec ma mère dans le train qui nous ramenait à Paris eurent sur certains des personnages qui ont figuré jusqu'ici dans ce récit des effets assez remarquables. D'abord sur Legrandin ; inutile de dire qu'il entra en ouragan dans l'hôtel de M. de Charlus absolument comme dans une maison mal famée où il ne faut pas être vu, et aussi tout à la fois pour montrer sa bravoure et cacher son âge, — car nos habitudes nous suivent même là où elles ne nous servent plus à rien — et presque personne ne remarqua qu'en lui disant bonjour M. de Charlus lui adressa un sourire difficile à percevoir, plus encore à interpréter ; ce sourire était pareil en apparence, et au fond était exactement l'inverse, de celui que deux hommes, qui ont l'habitude de se voir dans la bonne société, échangent si par hasard ils se rencontrent dans ce qu'ils trouvent un mauvais lieu (par exemple l'Élysée où le général de Froberville quand il y rencontrait jadis Swann, avait en l'apercevant le regard d'ironique et mystérieuse complicité de deux habitués de la princesse des Laumes qui se commettaient chez M. Grévy). Legrandin cultivait obscurément depuis bien longtemps — et dès le temps où j'allais tout enfant passer à Combray mes vacances — des relations aristocratiques, productives tout au plus d'une invitation isolée à une villégiature inféconde. Tout à coup le mariage de son neveu étant venu rejoindre entre eux ces tronçons lointains, Legrandin eut une situation mondaine à laquelle rétroactivement ses relations anciennes avec des gens qui ne l'avaient fréquenté que dans le particulier, mais intimement, donnèrent une sorte de solidité. Des dames à qui on croyait le présenter racontaient que depuis vingt ans il passait quinze jours à la campagne chez elles, et que c'était lui qui leur avait donné le beau baromètre ancien du petit salon. Il avait par hasard été pris dans des « groupes » où figuraient des ducs qui lui étaient apparentés. Or dès qu'il eut cette situation mondaine, il cessa d'en profiter. Ce n'est pas seulement parce que, maintenant qu'on le savait reçu, il n'éprouvait plus de plaisir à être invité, c'est que des deux vices qui se l'étaient longtemps disputé, le moins naturel, le snobisme, cédait la place à un autre moins factice, puisque il marquait du moins une sorte de retour, même détourné, vers la nature. Sans doute ils ne sont pas incompatibles, et l'exploration d'un faubourg peut se pratiquer en quittant le raout d'une duchesse. Mais le refroidissement de l'âge détournait Legrandin de cumuler tant de plaisirs, de sortir autrement qu'à bon escient, et aussi rendait pour lui ceux de la nature assez platoniques, consistant surtout en amitiés, en causeries qui prennent du temps, et lui faisait passer presque tout le sien dans le peuple, lui en laissant peu pour la vie de société. Mme de Cambremer elle-même devint assez indifférente à l'amabilité de la duchesse de Guermantes. Celle-ci obligée de fréquenter la marquise s'était aperçue, comme il arrive chaque fois qu'on vit davantage avec des êtres humains, c'est-à-dire mêlés de qualités qu'on finit par découvrir et de défauts auxquels on finit par s'habituer, que Mme de Cambremer était une femme douée d'une intelligence et pourvue d'une culture que pour ma part j'appréciais peu, mais qui parurent remarquables à la duchesse. Elle vint donc souvent, à la tombée du jour, voir Mme de Cambremer et lui faire de longues visites. Mais le charme merveilleux que celle-ci se figurait exister chez la duchesse de Guermantes s'évanouit dès qu'elle s'en vit recherchée, et elle la recevait plutôt par politesse que par plaisir. Un changement plus frappant se manifesta chez Gilberte, à la fois symétrique et différent de celui qui s'était produit chez Swann marié. Certes, les premiers mois Gilberte avait été heureuse de recevoir chez elle la société la plus choisie. Ce n'est sans doute qu'à cause de l'héritage qu'on invitait les amies intimes auxquelles tenait sa mère, mais à certains jours seulement où il n'y avait qu'elles, enfermées à part, loin des gens chics, et comme si le contact de Mme Bontemps ou de Mme Cottard avec la princesse de Guermantes ou la princesse de Parme eût pu, comme celui de deux poudres instables, produire des catastrophes irréparables. Néanmoins les Bontemps, les Cottard et autres, quoique déçus de dîner entre eux, étaient fiers de pouvoir dire : « Nous avons dîné chez la marquise de Saint-Loup », d'autant plus qu'on poussait quelquefois l'audace jusqu'à inviter avec eux Mme de Marsantes qui se montrait véritable grande dame, avec un éventail d'écaille et de plumes, toujours dans l'intérêt de l'héritage. Elle avait seulement soin de faire de temps en temps l'éloge des gens discrets qu'on ne voit jamais que quand on leur fait signe, avertissement moyennant lequel elle adressait aux bons entendeurs du genre Cottard, Bontemps, etc. son plus gracieux et hautain salut. Peut-être j'eusse préféré être de ces séries-là. Mais Gilberte, pour qui j'étais maintenant surtout un ami de son mari et des Guermantes, (et qui — peut-être bien dès Combray, où mes parents ne fréquentaient pas sa mère — m'avait, à l'âge où nous n'ajoutons pas seulement tel ou tel avantage aux choses mais où nous les classons par espèces, doué de ce prestige qu'on ne perd plus ensuite) considérait ces soirées-là comme indignes de moi et quand je partais me disait :

« J'ai été très contente de vous voir, mais venez plutôt après-demain, vous verrez ma tante Guermantes, Mme de Poix ; aujourd'hui c'était des amies de maman, pour faire plaisir à maman. » Mais ceci ne dura que quelques mois, et très vite tout fut changé de fond en comble. Était-ce parce que la vie sociale de Gilberte devait présenter les mêmes contrastes que celle de Swann ? En tous cas, Gilberte n'était que depuis peu de temps marquise de Saint-Loup (et bientôt après, comme on le verra, duchesse de Guermantes) que, ayant atteint ce qu'il y avait de plus éclatant et de plus difficile, elle pensait que le nom de Saint-Loup s'était maintenant incorporé à elle comme un émail mordoré et que, qui qu'elle fréquentât, désormais elle resterait pour tout le monde marquise de Saint-Loup, ce qui était une erreur car la valeur d'un titre de noblesse, aussi bien que de bourse, monte quand on le demande et baisse quand on l'offre. Tout ce qui nous semble impérissable tend à la destruction ; une situation mondaine, tout comme autre chose, n'est pas créée une fois pour toutes, mais, aussi bien que la puissance d'un empire, se reconstruit à chaque instant par une sorte de création perpétuellement continue, ce qui explique les anomalies apparentes de l'histoire mondaine ou politique au cours d'un demi-siècle. La création du monde n'a pas eu lieu au début, elle a lieu tous les jours. La marquise de Saint-Loup se disait, « je suis la marquise de Saint-Loup », elle savait qu'elle avait

refusé la veille trois dîners chez des duchesses.
Mais si, dans une certaine mesure, son nom relevait
le milieu aussi peu aristocratique que possible
qu'elle recevait, par un mouvement inverse, le
milieu que recevait la marquise dépréciait le nom
qu'elle portait. Rien ne résiste à de tels mouvements, les plus grands noms finissent par suc-
comber. Swann n'avait-il pas connu une duchesse
de la maison de France dont le salon, parce que
n'importe qui y était reçu, était tombé au dernier
rang ? Un jour que la princesse des Laumes était
allée par devoir passer un instant chez cette Altesse,
où elle n'avait trouvé que des gens de rien, en
entrant ensuite chez Mme Leroi, elle avait dit à
Swann et au marquis de Modène : « Enfin je me
retrouve en pays ami. Je viens de chez Mme la
duchesse de X...., il n'y avait pas trois figures de
connaissance ». Partageant en un mot l'opinion de
ce personnage d'opérette qui déclare : « Mon nom
me dispense, je pense, d'en dire plus long », Gilberte se mit à afficher son mépris pour ce qu'elle
avait tant désiré, à déclarer que tous les gens du
faubourg Saint-Germain étaient idiots, infréquen-
tables, et, passant de la parole à l'action, cessa de
les fréquenter. Des gens qui n'ont fait sa connaissance qu'après cette époque, et pour leurs débuts
auprès d'elle, l'ont entendue, devenue duchesse
de Guermantes, se moquer drôlement du monde
qu'elle eût pu si aisément voir, la voyant ne pas
recevoir une seule personne de cette société, et
si l'une, voire la plus brillante, s'aventurait chez

elle, lui bâiller ouvertement au nez, rougissent rétrospectivement d'avoir pu, eux, trouver quelque prestige au grand monde, et n'oseraient jamais confier ce secret humiliant de leurs faiblesses passées, à une femme qu'ils croient, par une élévation essentielle de sa nature, avoir été de tout temps incapable de comprendre celles-ci. Ils l'entendent railler avec tant de verve les ducs, et la voient, chose plus significative, mettre si complètement sa conduite en accord avec ses railleries ! Sans doute ne songent-ils pas à rechercher les causes de l'accident qui fit de Mlle Swann, Mlle de Forcheville, et de Mlle de Forcheville, la marquise de Saint-Loup, puis la duchesse de Guermantes. Peut-être ne songent-ils pas non plus que cet accident ne servirait pas moins par ses effets que par ses causes à expliquer l'attitude ultérieure de Gilberte, la fréquentation des roturiers n'étant pas tout à fait conçue de la même façon qu'elle l'eût été par Mlle Swann, par une dame à qui tout le monde dit « Madame la Duchesse » et ces duchesses qui l'ennuient « ma cousine ». On dédaigne volontiers un but qu'on n'a pas réussi à atteindre, ou qu'on a atteint définitivement. Et ce dédain nous paraît faire partie des gens que nous ne connaissions pas encore. Peut-être si nous pouvions remonter le cours des années, les trouverions-nous déchirés, plus frénétiquement que personne, par ces mêmes défauts qu'ils ont réussi si complètement à masquer ou à vaincre que nous les estimons incapables non

seulement d'en avoir jamais été atteints eux-
mêmes, mais même de les excuser jamais chez les
autres, faute d'être capables de les concevoir.
D'ailleurs, bientôt le salon de la nouvelle marquise de Saint-Loup prit son aspect définitif, au
moins au point de vue mondain, car on verra
quels troubles devaient y sévir par ailleurs ;
or cet aspect était surprenant en ceci : on se rappelait encore que les plus pompeuses, les plus
raffinées des réceptions de Paris, aussi brillantes
que celles de la princesse de Guermantes, étaient
celles de Mme de Marsantes, la mère de Saint-
Loup. D'autre part, dans les derniers temps, le
salon d'Odette, infiniment moins bien classé, n'en
avait pas moins été éblouissant de luxe et d'élégance. Or Saint-Loup, heureux d'avoir, grâce à
la grande fortune de sa femme, tout ce qu'il
pouvait désirer de bien-être, ne songeait qu'à
être tranquille après un bon dîner où des artistes
venaient lui faire de la bonne musique. Et ce
jeune homme qui avait paru à une époque si fier,
si ambitieux, invitait à partager son luxe des
camarades que sa mère n'aurait pas reçus. Gilberte de son côté mettait en pratique la parole
de Swann : « La qualité m'importe peu, mais je
crains la quantité ». Et Saint-Loup fort à genoux
devant sa femme, et parce qu'il l'aimait, et parce
qu'il lui devait précisément ce luxe extrême,
n'avait garde de contrarier ces goûts si pareils
aux siens. De sorte que les grandes réceptions de
Mme de Marsantes et de Mme de Forcheville,

données pendant des années surtout en vue de l'établissement éclatant de leurs enfants, ne donnèrent lieu à aucune réception de M. et de Mme de Saint-Loup. Ils avaient les plus beaux chevaux pour monter ensemble à cheval, le plus beau yacht pour faire des croisières — mais où on n'emmenait que deux invités. A Paris on avait tous les soirs trois ou quatre amis à dîner, jamais plus ; de sorte que par une régression imprévue mais pourtant naturelle, chacune des deux immenses volières maternelles avait été remplacée par un nid silencieux.

La personne qui profita le moins de ces deux unions fut la jeune Mademoiselle d'Oloron qui, déjà atteinte de la fièvre typhoïde le jour du mariage religieux, se traîna péniblement à l'église et mourut quelques semaines après. La lettre de faire-part qui fut envoyée quelque temps après sa mort, mêlait à des noms comme celui de Jupien, presque tous les plus grands de l'Europe, comme ceux du vicomte et de la vicomtesse de Montmorency, de S. A. R. la comtesse de Bourbon-Soissons, du prince de Modène-Este, de la vicomtesse d'Edumea, de lady Essex, etc. etc. Sans doute, même pour qui savait que la défunte était la nièce de Jupien, le nombre de toutes ces grandes alliances ne pouvait surprendre. Le tout en effet est d'avoir une grande alliance. Alors le « casus fœderis » venant à jouer, la mort de la petite roturière met en deuil toutes les familles princières de l'Europe. Mais bien des jeunes gens des

nouvelles générations et qui ne connaissaient pas
les situations réelles, outre qu'ils pouvaient prendre
Marie-Antoinette d'Oloron, marquise de Cambremer, pour une dame de la plus haute naissance,
auraient pu commettre bien d'autres erreurs, en
lisant cette lettre de faire-part. Ainsi, pour peu
que leurs randonnées à travers la France leur
eussent fait connaître un peu le pays de Combray,
en voyant que le comte de Méséglise faisait part
dans les premiers, et tout près du duc de Guermantes, ils auraient pu n'éprouver aucun étonnement. Le côté de Méséglise et le côté de Guermantes se touchent, vieille noblesse de la même
région peut-être alliée depuis des générations,
eussent-ils pu se dire. « Qui sait ? c'est peut-être
une branche des Guermantes qui porte le nom
de comtes de Méséglise. » Or le comte de Méséglise n'avait rien à voir avec les Guermantes et
ne faisait même pas part du côté Guermantes,
mais du côté Cambremer, puisque le comte de
Méséglise, qui par un avancement rapide n'était
resté que deux ans Legrandin de Méséglise, c'était
notre vieil ami Legrandin. Sans doute faux titre
pour faux titre, il en était peu qui eussent pu
être aussi désagréables aux Guermantes que
celui-là. Ils avaient été alliés autrefois avec les
vrais comtes de Méséglise desquels il ne restait
plus qu'une femme, fille de gens obscurs et dégra-
dés, mariée elle-même à un gros fermier enrichi
de ma tante nommé Ménager, qui lui avait acheté
Mirougrain et se faisait appeler maintenant

Ménager de Mirougrain, de sorte que quand on disait que sa femme était née de Méséglise, on pensait qu'elle devait être plutôt née à Méséglise et qu'elle était de Méséglise comme son mari de Mirougrain.

Tout autre titre faux eut donné moins d'ennuis aux Guermantes. Mais l'aristocratie sait les assumer, et bien d'autres encore, du moment qu'un mariage jugé utile, à quelque point de vue que ce soit, est en jeu. Couvert par le duc de Guermantes, Legrandin fut pour une partie de cette génération-là, et sera pour la totalité de celle qui la suivra, le véritable comte de Méséglise.

Une autre erreur encore que tout jeune lecteur peu au courant eût été porté à faire eût été de croire que le baron et la baronne de Forcheville faisaient part en tant que parents et beaux-parents du marquis de Saint-Loup, c'est-à-dire du côté Guermantes. Or de ce côté, ils n'avaient pas à figurer puisque c'était Robert qui était parent des Guermantes et non Gilberte. Non, le baron et la baronne de Forcheville, malgré cette fausse apparence, figuraient du côté de la mariée, il est vrai, et non du côté Cambremer, à cause non pas des Guermantes, mais de Jupien dont notre lecteur doit savoir qu'Odette était la cousine.

Toute la faveur de M. de Charlus s'était porté dès le mariage de sa fille adoptive sur le jeune marquis de Cambremer ; les goûts de celui-ci qui étaient pareils à ceux du baron, du moment qu'ils n'avaient

pas empêché qu'il le choisît pour mari de Mlle d'O-
loron, ne firent naturellement que le lui faire
apprécier davantage, quand il fut veuf. Ce n'est
pas que le marquis n'eût d'autres qualités qui en
faisaient un charmant compagnon pour M. de
Charlus. Mais même quand il s'agit d'un homme
de haute valeur, c'est une qualité que ne dédaigne
pas celui qui l'admet dans son intimité et qui le
lui rend particulièrement commode s'il sait jouer
aussi le whist. L'intelligence du jeune marquis
était remarquable et comme on disait déjà à
Féterne où il n'était encore qu'enfant, il était
tout à fait « du côté de sa grand'mère » aussi
enthousiaste, aussi musicien. Il en reproduisait
aussi certaines particularités, mais celles-là plus
par imitation, comme toute la famille, que par
atavisme. C'est ainsi que quelque temps après la
mort de sa femme, ayant reçu une lettre signée
Léonor, prénom que je ne me rappelais pas être
le sien, je compris seulement qui m'écrivait quand
j'eus lu la formule finale : « Croyez à ma sympathie
vraie », le « vraie », mis à sa place ajoutait,
au prénom Léonor le nom de Cambremer.

Je vis pas mal à cette époque Gilberte avec
laquelle je m'étais de nouveau lié : car notre
vie, dans sa longueur, n'est pas calculée sur la
vie de nos amitiés. Qu'une certaine période de
temps s'écoule et l'on voit reparaître (de même
qu'en politique d'anciens ministères, au théâtre
des pièces oubliées qu'on reprend) des relations
d'amitié renouées entre les mêmes personnes

qu'autrefois après de longues années d'interruption, et renouées avec plaisir. Au bout de dix ans les raisons que l'un avait de trop aimer, l'autre de ne pouvoir supporter un trop exigeant despotisme, ces raisons n'existent plus. La convenance seule subsiste, et tout ce que Gilberte m'eût refusé autrefois, ce qui lui avait semblé intolérable, impossible, elle me l'accordait aisément — sans doute parce que je ne le désirais plus. Sans que nous nous fussions jamais dit la raison du changement, si elle était toujours prête à venir à moi, jamais pressée de me quitter, c'est que l'obstacle avait disparu : mon amour.

J'allai d'ailleurs passer un peu plus tard quelques jours à Tansonville. Le déplacement me gênait assez, car j'avais à Paris une jeune fille qui couchait dans le pied-à-terre que j'avais loué. Comme d'autres de l'arôme des forêts ou du murmure d'un lac, j'avais besoin de son sommeil près de moi la nuit, et le jour de l'avoir toujours à mon côté dans la voiture. Car un amour a beau s'oublier, il peut déterminer la forme de l'amour qui le suivra. Déjà au sein même de l'amour précédent des habitudes quotidiennes existaient, et dont nous ne nous rappelions pas nous-même l'origine. C'est une angoisse d'un premier jour qui nous avait fait souhaiter passionnément, puis adopter d'une manière fixe, comme les coutumes dont on a oublié le sens, ces retours en voiture jusqu'à la demeure même de l'aimée, ou sa résidence dans notre demeure, notre présence ou celle de quelqu'un en qui nous avons confiance dans toutes ses sorties, toutes ces habitudes, sorte de grandes voies uniformes par où passe chaque jour notre amour et qui furent fondues jadis dans le feu volcanique d'une émotion ardente. Mais ces habitudes survivent à la femme, même au sou-venir de la femme. Elles deviennent la forme sinon de tous nos amours, du moins de certains de nos amours qui alternent entre eux. Et ainsi ma demeure avait exigé, en souvenir d'Albertine oubliée, la présence de ma maîtresse actuelle que je cachais aux visiteurs et qui remplissait ma vie comme jadis Albertine. Et pour aller à Tanson-ville, je dus obtenir d'elle qu'elle se laissât garder par un de mes amis qui n'aimait pas les femmes, pendant quelques jours.

J'avais appris que Gilberte était malheureuse, trompée par Robert, mais pas de la manière que tout le monde croyait, que peut-être elle-même croyait encore, qu'en tous cas elle disait. Opinion que justifiait l'amour-propre, le désir de tromper les autres, de se tromper soi-même, la connais-sance d'ailleurs imparfaite des trahisons qui est celle de tous les êtres trompés, d'autant plus que Robert, en vrai neveu de M. de Charlus, s'affichait avec des femmes qu'il compromettait, que le monde croyait et qu'en somme Gilberte supposait être ses maîtresses. On trouvait même dans le monde qu'il ne se gênait pas assez, ne lâchant pas d'une semelle, dans les soirées, telle femme qu'il ramenait ensuite, laissant Mme de Saint-Loup rentrer comme elle pouvait. Qui eût dit que l'autre femme qu'il compromettait ainsi, n'était pas en réalité sa maîtresse eût passé pour un naïf, aveugle devant l'évidence, mais j'avais été malheureusement aiguillé vers la vérité, vers la vérité qui me fit une peine infinie, par quelques mots échappés à Jupien. Quelle n'avait pas été ma stupéfaction quand, étant allé quelques mois avant mon départ pour Tansonville prendre des nouvelles de M. de Charlus, chez lequel certains troubles cardiaques s'étaient manifestés non sans causer de grandes inquiétudes, et parlant à Jupien que j'avais trouvé seul d'une correspondance amoureuse adressée à Robert et signée Bobette que Mme de Saint-Loup avait surprise, j'avais appris par l'ancien factotum du baron, que la personne qui signait Bobette n'était autre que le violoniste qui avait joué un si grand rôle dans la vie de M. de Charlus. Jupien n'en parlait pas sans indignation : « Ce garçon pouvait agir comme bon lui semblait, il était libre. Mais s'il y a un côté où il n'aurait pas dû regarder, c'est le côté du neveu du baron. D'autant plus que le baron aimait son neveu comme son fils. Il a cherché à désunir le ménage, c'est honteux. Et il a fallu qu'il y mette des ruses diaboliques, car personne n'était plus opposé de nature à ces choses-là que le marquis de Saint-Loup. A-t-il fait assez de folies pour ses maîtresses ! Non, que ce misérable musicien ait quitté le baron comme il l'a quitté, salement, on peut bien le dire, c'était son affaire.

Mais se tourner vers le neveu, il y a des choses qui ne se font pas. » Jupien était sincère dans son indignation ; chez les personnes dites immorales, les indignations morales sont tout aussi fortes que chez les autres et changent seulement un peu d'objet. De plus les gens dont le cœur n'est pas directement en cause, jugeant toujours les liaisons à éviter, les mauvais mariages, comme si on était libre de choisir ce qu'on aime, ne tiennent pas compte du mirage délicieux que l'amour projette et qui enveloppe si entièrement et si uniquement la personne dont on est amoureux que la « sottise » que fait un homme en épousant une cuisinière ou la maîtresse de son meilleur ami est en général le seul acte poétique qu'il accomplisse au cours de son existence.

Je compris qu'une séparation avait failli se produire entre Robert et sa femme (sans que Gilberte se rendît bien compte encore de quoi il s'agissait) et que c'était Mme de Marsantes, mère aimante, ambitieuse et philosophe qui avait arrangé, imposé la réconciliation. Elle faisait partie de ces milieux où le mélange des sangs qui vont se recroisant sans cesse et l'appauvrissement des patrimoines font refleurir à tout moment dans le domaine des passions, comme dans celui des intérêts, les vices et les compromissions héréditaires. Avec la même énergie qu'elle avait autrefois protégé Mme Swann, elle avait aidé le mariage de la fille de Jupien, et fait celui de son propre fils avec Gilberte, usant ainsi pour elle-même, avec une résignation douloureuse, de cette même sagesse atavique dont elle faisait profiter tout le faubourg. Et peut-être n'avait-elle à un certain moment bâclé le mariage de Robert avec Gilberte — ce qui lui avait certainement donné moins de mal et coûté moins de pleurs que de le faire rompre avec Rachel — que dans la peur qu'il ne commençât avec une autre cocotte — ou peut-être avec la même, car Robert fut long à oublier Rachel — un nouveau collage qui eût peut-être été son salut. Maintenant je comprenais ce que Robert avait voulu me dire chez la princesse de Guermantes : « C'est malheureux que ta petite amie de Balbec n'ait pas la fortune exigée par ma mère, je crois que nous nous serions bien entendus tous les deux. » Il avait voulu dire qu'elle était de Gomorrhe comme lui de Sodome, ou peut-être, s'il n'en était pas encore, ne goûtait-il plus que les femmes qu'il pouvait aimer d'une certaine manière et avec d'autres femmes. Gilberte aussi eût pu me renseigner sur Albertine. Si donc sauf de rares retours en arrière, je n'avais perdu la curiosité de rien savoir sur mon amie, j'aurais pu interroger sur elle non seulement Gilberte, mais son mari. Et en somme c'était le même fait qui nous avait donné à Robert et à moi le désir d'épouser Albertine (à savoir qu'elle aimait les femmes). Mais les causes de notre désir, comme ses buts aussi étaient opposés. Moi, c'était par le désespoir où j'avais été de l'apprendre, Robert par la satisfaction ; moi pour

190

l'empêcher, grâce à une surveillance perpétuelle, de s'adonner à son goût ; Robert pour le cultiver, et par la liberté qu'il lui laisserait afin qu'elle lui amenât des amies. Si Jupien faisait ainsi remonter à très peu de temps la nouvelle orientation, si divergente de la primitive, qu'avaient prise les goûts charnels de Robert, une conversation que j'eus avec Aimé et qui me rendit fort malheureux me montra que l'ancien maître d'hôtel de Balbec, faisait remonter cette divergence, cette inversion, beaucoup plus haut. L'occasion de cette conversation avait été quelques jours que j'avais été passer à Balbec, où Saint-Loup lui-même était venu avec sa femme, que dans cette première phase il ne quittait d'un seul pas. J'avais admiré comme l'influence de Rachel se faisait encore sentir sur Robert. Un jeune marié qui a eu longtemps une maîtresse sait seul ôter aussi bien le manteau de sa femme avant d'entrer dans un restaurant, avoir avec elle les égards qu'il convient. Il a reçu pendant sa liaison l'instruction que doit avoir un bon mari. Non loin de lui, à une table voisine de la mienne, Bloch, au milieu de prétentieux jeunes universitaires, prenait des airs faussement à l'aise, et criait très fort à un de ses amis, en lui passant avec ostentation la carte avec un geste qui renversa deux carafes d'eau : « Non, non, mon cher, commandez ! De ma vie je n'ai jamais su faire un menu. Je n'ai jamais su commander ! » répétait il avec un orgueil peu sincère et, mêlant la litté-

rature à la gourmandise, il opina tout de suite
pour une bouteille de champagne qu'il aimait à
voir « d'une façon tout à fait symbolique » orner
une causerie. Saint-Loup, lui, savait commander.
Il était assis à côté de Gilberte — déjà grosse —
(il ne devait pas cesser par la suite de lui faire
des enfants) comme il couchait à côté d'elle dans
leur lit commun à l'hôtel. Il ne parlait qu'à sa
femme, le reste de l'hôtel n'avait pas l'air d'exister
pour lui, mais au moment où un garçon prenait
une commande, était tout près, il levait rapidement ses yeux clairs et jetait sur lui un regard qui
ne durait pas plus de deux secondes, mais dans sa
limpide clairvoyance semblait témoigner d'un
ordre de curiosités et de recherches entièrement
différent de celui qui aurait pu animer n'importe
quel client regardant même longtemps un chasseur
ou un commis pour faire sur lui des remarques
humoristiques ou autres qu'il communiquerait à
ses amis. Ce petit regard court, en apparence
désintéressé, montrant que le garçon l'intéressait
en lui-même, révélait à ceux qui l'eussent observé
que cet excellent mari, cet amant jadis passionné
de Rachel, avait dans sa vie un autre plan et
qui lui paraissait infiniment plus intéressant que
celui sur lequel il se mouvait par devoir. Mais on
ne le voyait que dans celui-là. Déjà ses yeux
étaient revenus sur Gilberte qui n'avait rien vu,
il lui présentait un ami au passage et partait se
promener avec elle. Or Aimé me parla à ce moment
d'un temps bien plus ancien, celui où j'avais fait

la connaissance de Saint-Loup par Mme de Ville-parisis en ce même Balbec. « Mais oui, Monsieur, me dit-il, c'est archiconnu, il y a bien longtemps que je le sais. La première année que Monsieur était à Balbec, M. le marquis s'enferma avec mon liftier, sous prétexte de développer des photographies de Madame la grand'mère de Monsieur. Le petit voulait se plaindre, nous avons eu toutes les peines du monde à étouffer la chose. Et tenez Monsieur, Monsieur se rappelle sans doute ce jour où il est venu déjeuner au restaurant avec M. le marquis de Saint-Loup et sa maîtresse, dont M. le marquis se faisait un paravent. Monsieur se rappelle sans doute que M. le marquis s'en alla en prétextant une crise de colère. Sans doute je ne veux pas dire que Madame avait raison. Elle lui en faisait voir de cruelles. Mais ce jour-là on ne m'ôtera pas de l'idée que la colère de M. le marquis était feinte et qu'il avait besoin d'éloigner Monsieur et Madame. » Pour ce jour-là du moins, je sais bien que, si Aimé ne mentait pas sciemment, il se trompait du tout au tout. Je me rappelais trop l'état dans lequel était Robert, la gifle qu'il avait donnée au journaliste. Et d'ailleurs, pour Balbec, c'était de même : ou le liftier avait menti, ou c'était Aimé qui mentait. Du moins je le crus ; une certitude, je ne pouvais l'avoir, car on ne voit jamais qu'un côté des choses. Si cela ne m'eût pas fait de peine, j'eusse trouvé une certaine ironie à ce que, tandis que pour moi la course du lift chez Saint-Loup avait été le moyen commode de lui faire porter une lettre et d'avoir sa réponse, pour lui cela avait été faire la connaissance de quelqu'un qui lui avait plu. Les choses, en effet, sont pour le moins doubles. Sur l'acte le plus insignifiant que nous accomplissons, un autre homme embranche une série d'actes entièrement différents ; il est certain que l'aventure de Saint-Loup et du liftier, si elle eut lieu, ne me semblait pas plus contenue dans le banal envoi de ma lettre que quelqu'un qui ne connaîtrait de Wagner que le duo de Lohengrin ne pourrait prévoir le prélude de Tristan. Certes, pour les hommes, les choses n'offrent qu'un nombre restreint de leurs innombrables attributs, à cause de la pauvreté de leurs sens. Elles sont colorées parce que nous avons des yeux, combien d'autres épithètes ne mériteraient-elles pas si nous avions des centaines de sens ? Mais cet aspect différent qu'elles pourraient avoir nous est rendu plus facile à comprendre par ce qu'est dans la vie un événement même minime dont nous connaissons une partie que nous croyons le tout, et qu'un autre regarde comme par une fenêtre percée de l'autre côté de la maison et qui donne sur une autre vue. Dans le cas où Aimé ne se fût pas trompé, la rougeur de Saint-Loup quand Bloch lui avait parlé du lift, ne venait peut-être pas de ce que celui-ci prononçait laift. Mais j'étais persuadé que l'évolution physiologique de Saint-Loup n'était pas commencée à cette époque et qu'alors il aimait encore uniquement les femmes.

Plus qu'à un autre signe, je pus le discerner rétrospectivement à l'amitié que Saint-Loup m'avait témoignée à Balbec. Ce n'est que tant qu'il aima les femmes qu'il fut vraiment capable d'amitié. Après cela, au moins pendant quelque temps, les hommes qui ne l'intéressaient pas directement, il leur manifestait une indifférence, sincère, je le crois, en partie — car il était devenu très sec, — et qu'il exagérait aussi pour faire croire qu'il ne faisait attention qu'aux femmes. Mais je me rappelle tout de même qu'un jour à Doncières, comme j'allais dîner chez les Verdurin et comme il venait de regarder d'une façon un peu prolongée Morel, il m'avait dit : « C'est curieux ce petit, il a des choses de Rachel. Cela ne te frappe pas ? Je trouve qu'ils ont des choses identiques. En tout cas cela ne peut pas m'intéresser. » Et tout de même ses yeux étaient ensuite restés longtemps perdus à l'horizon, comme quand on pense, avant de se remettre à une partie de cartes ou de partir dîner en ville, à un de ces lointains voyages qu'on ne fera jamais, mais dont on éprouve un instant la nostalgie. Mais si Robert trouvait quelque chose de Rachel à Charlie, Gilberte, elle, cherchait à avoir quelque chose de Rachel, afin de plaire à son mari, mettait comme elle des nœuds de soie ponceau, ou rose, ou jaune, dans ses cheveux, se coiffait de même, car elle croyait que son mari l'aimait encore et elle en était jalouse. Que l'amour de Robert eût été par moments sur les confins qui séparent l'amour d'un homme pour une femme et l'amour d'un homme pour un homme, c'était possible. En tous cas, le souvenir de Rachel ne jouait plus à cet égard qu'un rôle esthétique. Il n'est même pas probable qu'il eût pu en jouer d'autres. Un jour Robert était allé lui demander de s'habiller en homme, de laisser pendre une longue mèche de ses cheveux, et pourtant il s'était contenté de la regarder insatisfait. Il ne lui restait pas moins attaché et lui faisait scrupuleusement mais sans plaisir la rente énorme qu'il lui avait promise et qui ne l'empêcha pas d'avoir pour lui par la suite les plus vilains procédés. De cette générosité envers Rachel, Gilberte n'eût pas souffert si elle avait su qu'elle était seulement l'accomplissement résigné d'une promesse à laquelle ne correspondait plus aucun amour. Mais de l'amour, c'est au contraire ce qu'il feignait de ressentir pour Rachel. Les homosexuels seraient les meilleurs maris du monde s'ils ne jouaient pas la comédie d'aimer les femmes. Gilberte ne se plaignait d'ailleurs pas. C'est d'avoir cru Robert aimé, si longtemps aimé, par Rachel, qui le lui avait fait désirer, l'avait fait renoncer pour lui à des partis plus beaux ; il semblait qu'il lui fît une sorte de concession en l'épousant. Et de fait, les premiers temps, des comparaisons entre les deux femmes (pourtant si inégales comme charme et comme beauté) ne furent pas en faveur de la délicieuse Gilberte. Mais celle-ci grandit ensuite dans l'estime de son mari pendant que Rachel diminuait à vue d'œil.

Une autre personne se démentit : ce fut Mme Swann.
Si pour Gilberte, Robert avant le mariage était
déjà entouré de la double auréole que lui créait
d'une part sa vie avec Rachel perpétuellement
dénoncée par les lamentations de Mme de Marsantes, d'autre part le prestige que les Guermantes avaient toujours eu pour son père et
qu'elle avait hérité de lui, Mme de Forcheville
en revanche eût préféré un mariage plus éclatant,
peut-être princier (il y avait des familles royales
pauvres et qui eussent accepté l'argent, — qui
se trouva d'ailleurs être fort inférieur aux millions
promis, — décrassé qu'il était par le nom de
Forcheville) et un gendre moins démonétisé par
une vie passée loin du monde. Elle n'avait pu
triompher de la volonté de Gilberte, s'était plainte
amèrement à tout le monde, flétrissant son gendre.
Un beau jour tout avait été changé, le gendre
était devenu un ange, on ne se moquait plus de
lui qu'à la dérobée. C'est que l'âge avait laissé
à Mme Swann (devenue Mme de Forcheville) le
goût qu'elle avait toujours eu d'être entretenue,
mais, par la désertion des admirateurs, lui en
avait retiré les moyens. Elle souhaitait chaque
jour un nouveau collier, une nouvelle robe bro-
chée de brillants, une plus luxueuse automobile,
mais elle avait peu de fortune, Forcheville ayant
presque tout mangé, et — quel ascendant israélite
gouvernait en cela Gilberte ? — elle avait une
fille adorable, mais affreusement avare, comptant
l'argent à son mari et naturellement bien plus à

sa mère. Or tout à coup le protecteur, elle l'avait
flairé, puis trouvé en Robert. Qu'elle ne fût plus
de la première jeunesse était de peu d'importance
aux yeux d'un gendre qui n'aimait pas les femmes.
Tout ce qu'il demandait à sa belle-mère, c'était
d'aplanir telle ou telle difficulté entre lui et Gilberte, d'obtenir d'elle le consentement qu'il fît
un voyage avec Morel. Odette s'y était-elle
employée, qu'aussitôt un magnifique rubis l'en
récompensait. Pour cela il fallait que Gilberte fût
plus généreuse envers son mari. Odette le lui
prêchait avec d'autant plus de chaleur que c'était
elle qui devait bénéficier de la générosité. Ainsi,
grâce à Robert, pouvait-elle au seuil de la cin-
quantaine (d'aucuns disaient de la soixantaine)
éblouir chaque table où elle allait dîner, chaque
soirée où elle paraissait, d'un luxe inouï sans avoir
besoin d'avoir comme autrefois un « ami » qui
maintenant n'eût plus casqué — voire marché.
Aussi était-elle entrée pour toujours, semblait-il,
dans la période de la chasteté finale, et elle n'avait
jamais été aussi élégante.

Ce n'était pas seulement la méchanceté, la
rancune de l'ancien pauvre contre le maître qui
l'a enrichi et lui a d'ailleurs (c'était dans le
caractère, et plus encore dans le vocabulaire de
M. de Charlus) fait sentir la différence de leurs
conditions, qui avait poussé Charlie vers Saint-
Loup afin de faire souffrir davantage le baron.
C'était peut-être aussi l'intérêt. J'eus l'impression
que Robert devait lui donner beaucoup d'argent.

ALBERTINE DISPARUE

Dans une soirée où j'avais rencontré Robert avant
que je ne partisse pour Combray, et où la façon
dont il s'exhibait à côté d'une femme élégante
qui passait pour être sa maîtresse, où il s'attachait
à elle, ne faisant qu'un avec elle, enveloppé en
public dans sa jupe, me faisait penser avec quelque
chose de plus nerveux, de plus tressautant, à une
sorte de répétition involontaire d'un geste ances-
tral que j'avais pu observer chez M. de Charlus,
comme enrobé dans les atours de Mme Molé, ou
d'une autre, bannière d'une cause gynophile qui
n'était pas la sienne, mais qu'il aimait, bien que
sans droit à l'arborer ainsi, soit qu'il la trouvât pro-
tectrice, ou esthétique, j'avais été frappé au retour
de voir combien ce garçon, si généreux quand
il était bien moins riche, était devenu économe.
Qu'on ne tienne qu'à ce qu'on possède, et que
tel qui semait l'or qu'il avait si rarement jadis,
thésaurise maintenant celui dont il est pourvu,
c'est sans doute un phénomène assez général,
mais qui pourtant me parut prendre là une forme
plus particulière. Saint-Loup refusa de prendre
un fiacre, et je vis qu'il avait gardé une correspondance de tramway. Sans doute en ceci Saint-
Loup déployait-il, pour des fins différentes, des
talents qu'il avait acquis au cours de sa liaison
avec Rachel. Un jeune homme qui a longtemps
vécu avec une femme n'est pas aussi inexpéri-
menté que le puceau pour qui celle qu'il épouse
est la première. Pareillement ayant eu à s'occuper
dans les plus minutieux détails du ménage de

Rachel, d'une part parce que celle-ci n'y entendait rien, ensuite parce qu'à cause de sa jalousie, il voulait garder la haute main sur la domesticité, il put dans l'administration des biens de sa femme et l'entretien du ménage, continuer ce rôle habile et entendu que peut-être Gilberte n'eût pas su tenir et qu'elle lui abandonnait volontiers. Mais sans doute le faisait-il surtout pour faire bénéficier Charlie des moindres économies de bouts de chandelle, l'entretenant en somme richement sans que Gilberte s'en aperçût ni en souffrît. Je pleurais en pensant que j'avais eu autrefois pour un Saint-Loup différent une affection si grande et que je sentais bien, à ses nouvelles manières froides et évasives, qu'il ne me rendait plus, les hommes dès qu'ils étaient devenus susceptibles de lui donner des désirs, ne pouvant plus lui inspirer d'amitié. Comment cela avait-il pu naître chez un garçon qui avait tellement aimé les femmes que je l'avais vu désespéré jusqu'à craindre qu'il se tuât parce que « Rachel quand du Seigneur » avait voulu le quitter ? La ressemblance entre Charlie et Rachel — invisible pour moi — avait-elle été la planche qui avait permis à Robert de passer des goûts de son père à ceux de son oncle, afin d'accomplir l'évolution physiologique qui même chez ce dernier s'était produite assez tard ? Parfois pourtant les paroles d'Aimé revenaient m'inquiéter ; je me rappelais Robert cette année-là à Balbec ; il avait en parlant au liftier une façon de ne pas faire attention à lui qui rappelait beaucoup celle de M. de Charlus quand il adressait la parole à certains hommes. Mais Robert pouvait très bien tenir cela de M. de Charlus, d'une certaine hauteur et d'une certaine attitude physique des Guermantes et nullement des goûts spéciaux au baron. C'est ainsi que le duc de Guermantes qui n'avait aucunement ces goûts avait la même manière nerveuse que M. de Charlus de tourner son poignet, comme s'il crispait autour de celui-ci une manchette de dentelles, et aussi dans la voix des intonations pointues et affectées, toutes manières auxquelles chez M. de Charlus on eût été tenté de donner une autre signification, auxquelles il en avait donné une autre lui-même, l'individu exprimant ses particularités à l'aide de traits impersonnels et ataviques qui ne sont peut-être d'ailleurs que des particularités anciennes fixées dans le geste et dans la voix. Dans cette dernière hypothèse, qui confine à l'histoire naturelle, ce ne serait pas M. de Charlus qu'on pourrait appeler un Guermantes affecté d'une tare et l'exprimant en partie à l'aide des traits de la race des Guermantes, mais le duc de Guermantes qui serait dans une famille pervertie l'être d'exception, que le mal héréditaire a si bien épargné que les stigmates extérieurs qu'il a laissés sur lui y perdent tout sens. Je me rappelai que le premier jour où j'avais aperçu Saint-Loup à Balbec, si blond, d'une matière si précieuse et si rare, contourner les tables, faisant voler son monocle devant lui, je lui avais trouvé l'air efféminé qui n'était certes pas un effet de ce que j'apprenais de lui maintenant, mais de la grâce particulière aux Guermantes, de la finesse de cette porcelaine de Saxe en laquelle la duchesse était modelée aussi. Je me rappelais son affection pour moi, sa manière tendre, sentimentale de l'exprimer et je me disais que cela non plus, qui eût pu tromper quelque autre, signifiait alors tout autre chose, même tout le contraire de ce que j'apprenais aujourd'hui. Mais de quand cela datait-il ? Si c'était de l'année où j'étais retourné à Balbec, comment n'était-il pas venu une seule fois voir le lift, ne m'avait-il jamais parlé de lui ? Et quant à la première année, comment eût-il pu faire attention à lui, passionnément amoureux de Rachel comme il était alors ? Cette première année-là, j'avais trouvé Saint-Loup particulier, comme étaient les vrais Guermantes. Or il était encore plus spécial que je ne l'avais cru. Mais ce dont nous n'avons pas eu l'intuition directe, ce que nous avons appris seulement par d'autres, nous n'avons plus aucun moyen, l'heure est passée de le faire savoir à notre âme ; ses communications avec le réel sont fermées ; aussi ne pouvons-nous jouir de la découverte, il est trop tard. Du reste de toutes façons, pour que j'en pusse jouir spirituellement, celle-là me faisait trop de peine. Sans doute depuis ce que m'avait dit M. de Charlus chez Mme Verdurin à Paris, je ne doutais plus que le cas de Robert ne fût celui d'une foule d'honnêtes gens, et même pris parmi les plus intelligents et les meilleurs.

ALBERTINE DISPARUE

L'apprendre de n'importe qui m'eût été indifférent, de n'importe qui excepté de Robert. Le doute que me laissaient les paroles d'Aimé ternissait toute notre amitié de Balbec et de Doncières, et bien que je ne crusse pas à l'amitié, ni en avoir jamais véritablement éprouvé pour Robert, en repensant à ces histoires du lift et du restaurant où j'avais déjeuné avec Saint-Loup et Rachel, j'étais obligé de faire un effort pour ne pas pleurer.

Je n'aurais d'ailleurs pas à m'arrêter sur ce séjour que je fis à côté de Combray, et qui fut peut-être le moment de ma vie où je pensai le moins à Combray, si, justement par là, il n'avait apporté une vérification au moins provisoire à certaines idées que j'avais eues d'abord du côté de Guermantes, et une vérification aussi à d'autres idées que j'avais eues du côté de Méséglise. Je recommençais chaque soir, dans un autre sens, les promenades que nous faisions à Combray, l'après-midi, quand nous allions du côté de Méséglise. On dînait maintenant à Tansonville à une heure où jadis on dormait depuis longtemps à Combray. Et cela à cause de la saison chaude. Et puis, parce que, l'après-midi Gilberte peignait dans la chapelle du château, on n'allait se promener qu'environ deux heures avant le dîner. Au plaisir de jadis qui était de voir en rentrant le ciel pourpre encadrer le calvaire ou se baigner dans la Vivonne, succédait celui de partir à la nuit venue, quand on ne rencontrait plus dans le village que le triangle bleuâtre irrégulier et mouvant des moutons qui rentraient. Sur une moitié des champs le coucher s'éteignait ; au-dessus de l'astre était déjà allumée la lune qui bientôt les baignerait tout entiers. Il arrivait que Gilberte me laissât aller sans elle et je m'avançais, laissant mon ombre derrière moi, comme une barque qui poursuit sa navigation à travers des étendues enchantées. Mais le plus souvent Gilberte m'accompagnait. Les promenades que nous faisions ainsi, c'était bien souvent celles que je faisais jadis enfant : or comment n'eussé-je pas éprouvé bien plus vivement encore que jadis du côté de Guermantes le sentiment que jamais je ne serais capable d'écrire, auquel s'ajoutait celui que mon imagination et ma sensibilité s'étaient affaiblies, quand je vis combien peu j'étais curieux de Combray ? Et j'étais désolé de voir combien peu je revivais mes années d'autrefois. Je trouvais la Vivonne mince et laide au bord du chemin de hâlage. Non pas que je relevasse des inexactitudes matérielles bien grandes dans ce que je me rappelais. Mais, séparé des lieux qu'il m'arrivait de retraverser par toute une vie différente, il n'y avait pas entre eux et moi cette contiguïté d'où naît avant même qu'on s'en soit aperçu, l'immédiate, délicieuse et totale déflagration du souvenir. Ne comprenant pas bien sans doute quelle était sa nature, je m'attristais de penser que ma faculté de sentir et d'imaginer avait dû diminuer pour que je n'éprouvasse pas plus de plaisir dans ces promenades. Gilberte elle-même, qui me comprenait encore moins bien que je ne faisais moi-même, augmentait ma tristesse en partageant mon étonnement. « Comment, cela ne vous fait rien éprouver, me disait-elle, de prendre ce petit raidillon que vous montiez autrefois ? » Et elle-même avait tant changé que je ne la trouvais plus belle, qu'elle ne l'était plus du tout. Tandis que nous marchions, je voyais le pays changer, il fallait gravir des coteaux, puis des pentes s'abaissaient. Nous causions, très agréablement pour moi, — non sans difficulté pourtant. En tant d'êtres il y a différentes couches qui ne sont pas pareilles ; (c'étaient chez elle le caractère de son père, le caractère de sa mère) on traverse l'une, puis l'autre. Mais le lendemain l'ordre de superposition est renversé. Et finalement on ne sait pas qui départagera les parties, à qui on peut se fier pour la sentence. Gilberte était comme ces pays avec qui on n'ose pas faire d'alliance parce qu'ils changent trop souvent de gouvernement. Mais au fond c'est un tort. La mémoire de l'être le plus successif établit chez lui une sorte d'identité et fait qu'il ne voudrait pas manquer à des promesses qu'il se rappelle même s'il ne les eût pas contresignées. Quant à l'intelligence elle était chez Gilberte, avec quelques absurdités de sa mère, très vive. Je me rappelle que dans ces conversations que nous avions en nous promenant, elle me dit des choses qui plusieurs fois m'étonnèrent beaucoup. La première fut : « Si vous n'aviez pas trop faim et s'il n'était pas si tard, en prenant ce chemin à gauche et en tournant ensuite à droite en moins d'un quart d'heure nous serions à Guermantes ». C'est comme si elle m'avait dit : « Tournez à gauche, prenez ensuite à votre main droite et vous toucherez l'intangible, vous atteindrez les inaccessibles lointains dont on ne connaît jamais sur terre que la direction, que (ce que j'avais cru jadis que je pourrais connaître seulement de Guermantes et peut-être en un sens je ne me trompais pas) le « côté ». Un de mes autres étonnements fut de voir les « Sources de la Vivonne » que je me représentais comme quelque chose d'aussi extra-terrestre que l'Entrée des Enfers, et qui n'étaient qu'une espèce de lavoir carré où montaient des bulles. Et la troisième fois fut quand Gilberte me dit : « Si vous voulez, nous pourrons tout de même sortir un après-midi et nous pourrons alors aller à Guermantes, en prenant par Méséglise, c'est la plus jolie façon », — phrase qui en bouleversant toutes les idées de mon enfance m'apprit que les deux côtés n'étaient pas aussi inconciliables que j'avais cru. Mais ce qui me frappa le plus, ce fut combien peu, pendant ce séjour, je revécus mes années d'autrefois, désirai peu revoir Combray, trouvai mince et laide la Vivonne. Mais où Gilberte vérifia pour moi des imaginations que j'avais eues du côté de Méséglise, ce fut pendant une de ces promenades en somme nocturnes bien qu'elles eussent lieu avant le dîner — mais elle dînait si tard ! Au moment de descendre dans le mystère d'une vallée parfaite et profonde que tapissait le clair de lune, nous nous arrêtâmes un instant, comme deux insectes qui vont s'enfoncer au cœur d'un calice bleuâtre. Gilberte eut alors, peut-être simplement par bonne grâce de maîtresse de maison qui regrette que vous partiez bientôt et qui aurait voulu mieux vous faire les honneurs de ce pays que vous semblez apprécier, de ces paroles où son habileté de femme du monde sachant tirer parti du silence, de la simplicité, de la sobriété dans l'expression des sentiments, vous fait croire que vous tenez dans sa vie une place que personne ne pourrait occuper. Épanchant brusquement sur elle la tendresse dont j'étais rempli par l'air délicieux, la brise qu'on respirait, je lui dis : « Vous parliez l'autre jour du raidillon, comme je vous aimais alors ! » Elle me répondit : « Pourquoi ne me le disiez-vous pas ? je ne m'en étais pas doutée. Moi je vous aimais. Et même deux fois je me suis jetée à votre tête. » « Quand donc ? » « La première fois à Tansonville, vous vous promeniez avec votre famille, je rentrais, je n'avais jamais vu un aussi joli petit garçon. J'avais l'habitude, ajouta-t-elle d'un air vague et pudique, d'aller jouer avec de petits amis, dans les ruines du donjon de Roussainville. Et vous me direz que j'étais bien mal élevée, car il y avait là-dedans des filles et des garçons de tout genre qui profitaient de l'obscurité. L'enfant de chœur de l'église de Combray, Théodore qui, il faut l'avouer, était bien gentil (Dieu qu'il était bien !) et qui est devenu très laid (il est maintenant pharmacien à Méséglise), s'y amusait avec toutes les petites paysannes du voisinage. Comme on me laissait sortir seule, dès que je pouvais m'échapper, j'y courais. Je ne peux pas vous dire comme j'aurais voulu vous y voir venir ; je me rappelle très bien que, n'ayant qu'une minute pour vous faire comprendre ce que je désirais, au risque d'être vue par vos parents et les miens, je vous l'ai indiqué d'une façon tellement crue que j'en ai honte maintenant. Mais vous m'avez regardé d'une façon si méchante que j'ai compris que vous ne vouliez pas. » Et tout d'un coup, je me dis que la vraie Gilberte — la vraie Albertine —, c'était peut-être celles qui s'étaient au premier instant livrées dans leur regard, l'une devant la haie d'épines roses, l'autre sur la plage. Et c'était moi qui, n'ayant pas su le comprendre, ne l'ayant repris que plus tard dans ma mémoire après un intervalle où par mes conversations tout un entre-deux de sentiment leur avait fait craindre d'être aussi franches que dans les premières minutes — avais tout gâté par ma maladresse. Je les avais « ratées » plus complètement, — bien qu'à vrai dire l'échec relatif avec elles fût moins absurde — pour les mêmes raisons que Saint-Loup Rachel.

« Et la seconde fois, reprit Gilberte, c'est bien des années après quand je vous ai rencontré sous votre porte, l'avant-veille du jour où je vous ai retrouvé chez ma tante Oriane, je ne vous ai pas reconnu tout de suite ou plutôt je vous reconnaissais sans le savoir puisque j'avais la même envie qu'à Tansonville. » « Dans l'intervalle il y avait eu pourtant les Champs-Élysées. » « Oui, mais là vous m'aimiez trop, je sentais une inquisition sur tout ce que je faisais. » Je ne lui demandai pas alors quel était ce jeune homme avec lequel elle descendait l'avenue des Champs-Élysées, le jour où j'étais parti pour la revoir, où je me fusse réconcilié avec elle pendant qu'il en était temps encore, ce jour qui aurait peut-être changé toute ma vie, si je n'avais rencontré les deux ombres s'avançant côte à côte dans le crépuscule. Si je le lui avais demandé, me dis-je, elle m'eût peut-être avoué la vérité, comme Albertine si elle eût ressuscité. Et en effet, les femmes qu'on n'aime plus et qu'on rencontre après des années, n'y a-t-il pas entre elles et vous la mort, tout aussi bien que si elles n'étaient plus de ce monde, puisque le fait que notre amour n'existe plus fait de celles qu'elles étaient alors, ou de celui que nous étions des morts? Je pensai que peut-être aussi elle ne se fût pas rappelé, ou eût menti. En tout cas cela n'offrait plus d'intérêt pour moi de le savoir, parce que mon cœur avait encore plus changé que le visage de Gilberte. Celui-ci ne me plaisait plus guère, mais surtout je n'étais plus malheureux, je n'aurais pas pu concevoir, si j'y eusse repensé, que j'eusse pu l'être autant de rencontrer Gilberte marchant à petit pas à côté d'un jeune homme, et de me dire : « C'est fini, je renonce à jamais la voir. » De l'état d'âme qui, cette lointaine année-là, n'avait été pour moi qu'une longue torture, rien ne subsistait. Car il y a dans ce monde où tout s'use, où tout périt, une chose qui tombe en ruines, qui se détruit encore plus complètement, en laissant encore moins de vestiges que la Beauté : c'est le Chagrin.

Je ne suis donc pas surpris de ne pas lui avoir demandé alors avec qui elle descendait les Champs-Élysées, car j'ai déjà vu trop d'exemples de cette incuriosité amenée par le temps, mais je le suis un peu de ne pas avoir raconté à Gilberte qu'avant de la rencontrer ce jour-là, j'avais vendu une potiche de vieux Chine pour lui acheter des fleurs. Ç'avait été en effet, pendant les temps si tristes qui avaient suivi, ma seule consolation de penser qu'un jour, je pourrais sans danger lui conter cette intention si tendre. Plus d'une année après, si je voyais qu'une voiture allait heurter la mienne, ma seule envie de ne pas mourir était pour pouvoir raconter cela à Gilberte. Je me consolais en me disant : « Ne nous pressons pas, j'ai toute la vie devant moi pour cela. » Et à cause de cela je désirais ne pas perdre la vie. Maintenant cela m'aurait paru peu agréable à dire, presque ridicule, et « entraînant ». « D'ailleurs, continua Gilberte, même le jour où je vous ai rencontré sous votre porte, vous étiez resté tellement le même qu'à Combray, si vous saviez comme vous aviez peu changé ! » Je revis Gilberte dans ma mémoire. J'aurais pu dessiner le quadrilatère de lumière que le soleil faisait sous les aubépines, la bêche que la petite fille tenait à la main, le long regard qui s'attacha à moi. Seulement j'avais cru à cause du geste grossier dont il était accompagné que c'était un regard de mépris parce que ce que je souhaitais me paraissait quelque chose que les petites filles ne connaissaient pas et ne faisaient que dans mon imagination, pendant mes heures de désir solitaire. Encore moins aurais-je cru que si aisément, si rapidement, presque sous les yeux de mon grand-père, l'une d'entre elles eût eu l'audace de le figurer.

Bien longtemps après cette conversation, je demandai à Gilberte avec qui elle se promenait avenue des Champs-Élysées le soir où j'avais vendu les potiches : c'était Léa habillée en homme. Gilberte savait qu'elle connaissait Albertine, mais ne pouvait dire plus. Ainsi certaines personnes se retrouvent toujours dans notre vie pour préparer nos plaisirs ou nos douleurs.

Ce qu'il y avait eu de réel sous l'apparence d'alors m'était devenu tout à fait égal. Et pourtant combien de jours et de nuits n'avais-je pas souffert à me demander qui c'était, n'avais-je pas dû en y pensant réprimer les battements de mon cœur plus encore peut-être que pour ne pas retourner dire bonsoir jadis à maman dans ce même Combray. On dit et c'est ce qui explique l'affaiblissement progressif de certaines affections nerveuses, que notre système nerveux vieillit. Cela n'est pas vrai seulement pour notre moi permanent qui se prolonge pendant toute la durée de notre vie mais pour tous nos moi successifs qui en somme le composent en partie.

Aussi me fallait-il, à tant d'années de distance, faire subir une retouche à une image que je me rappelais si bien, opération qui me rendit assez heureux en me montrant que l'abîme infranchissable que j'avais cru alors exister entre moi et un certain genre de petites filles aux cheveux dorés était aussi imaginaire que l'abîme de Pascal, et que je trouvai poétique à cause de la longue série d'années au fond de laquelle il me fallut l'accomplir. J'eus un sursaut de désir et de regret en pensant aux souterrains de Roussainville. Pourtant j'étais heureux de me dire que ce bonheur vers lequel se tendaient toutes mes forces alors, et que rien ne pouvait plus me rendre eût existé ailleurs que dans ma pensée, en réalité si près de moi, dans ce Roussainville dont je parlais si souvent, que j'apercevais du cabinet sentant l'iris. Et je n'avais rien su ! En somme Gilberte résumait tout ce que j'avais désiré dans mes promenades, jusqu'à ne pas pouvoir me décider à rentrer, croyant voir s'entr'ouvrir, s'animer les arbres. Ce que je souhaitais si fiévreusement alors, elle avait failli, si j'eusse seulement su le comprendre et la retrouver, me le faire goûter dès mon adolescence. Plus complètement encore que je n'avais cru, Gilberte était à cette époque-là vraiment du côté de Méséglise.

Et même ce jour où je l'avais rencontrée sous une porte, bien qu'elle ne fut pas Mlle de l'Orgeville, celle que Robert avait connue dans les maisons de passe (et quelle drôle de chose que ce fût précisément à son futur mari que j'en eusse demandé l'éclaircissement !) je ne m'étais pas tout à fait trompé sur la signification de son regard, ni sur l'espèce de femme qu'elle était et m'avouait maintenant avoir été. « Tout cela est bien loin, me dit-elle, je n'ai jamais plus songé qu'à Robert depuis le jour où je lui ai été fiancée. Et, voyez-vous, ce n'est même pas ce caprice d'enfant que je me reproche le plus. »

ACHEVÉ D'IMPRIMER
LE 2 FÉVRIER 1926
PAR F. PAILLART A
ABBEVILLE (SOMME).

www.ingramcontent.com/pod-product-compliance
Lightning Source LLC
Chambersburg PA
CBHW050357030726
47503CB00006B/1905